VOYAGE

DE PARIS A STRASBOURG,

ET PRINCIPALEMENT

DANS TOUT LE BAS-RHIN,

Pour s'assurer de l'état actuel de l'agriculture et des ressources de ce département, depuis la fondation de la République française.

Publié en l'an IX, après le traité de Lunéville, par J. L. F***., du Gard.

TABLE

DES MATIÈRES

Du Voyage de Paris à Strasbourg.

Pages.

INTRODUCTION.

Iere. Lettre. *De Meaux*, ... 1.

IIe. Lettre. *De Château – Thiéry*, ... 3.

IIIe. Lettre. *D'Epernay*, ... 3.

IVe. Lettre. *De Châlons*, ... 10.

V^e. Lettre. *De Vitry-le-Français*, ... 12.

VIe. Lettre. *De Saint-Dizier*, ... 13.

VIIe. Lettre. *De Bar-sur-Ornain*, ... 15.

VIIIe. Lettre. *De Void*, ... 19.

IXe. Lettre. *De Nancy*, ... 20.

X^e. Lettre. *De Lunéville*, ... 28.

XIe. Lettre. *De Héming*, ... 31.

XIIe. Lettre. *De Saverne*, ... 33.

XIIIe. Lettre. *De Strasbourg*, ... 34.

*Sensations éprouvées dans les quatre tournées d'ar-
rondissement du Bas-Rhin*, ... 41.

*Le département du Bas – Rhin, en dix chapitres,
commence de nouveau sous la page* . . . . 1 à 112.

Voyez la seconde table à la fin du Volume.

DE PARIS A STRASBOURG,

Avec les noms des auberges qui m'ont parues les plus propres, où j'ai logé sur cette route.

Routes.	Logis.
A Paris, ...	hôtel de Nisme, rue Grénelle Honoré.
A Bondy, ...	3 *lieues de poste.*
De Bondy à Clayes, . .	4 à l'hôtel Muller.
De Clayes à Meaux,	4 à l'hôtel des trois Couronnes.
De Meaux à S. Jean les 2 J.	3
De S. Jean à la Ferté s. J.	2
De la Ferté à la Ferme de P.	4
De la F. de P. à Ch. Thiéry,	3 à la Tête de Bœuf.
De Chât.-Thiéry à Paroy,	2
De Paroy à Dormans, .	3
De Dormans à P. à Binson	2
De Port à Binson à Epernay	4 hôtel Lassau.
D'Epernay à Jalons, . .	4
De Jalons à Châlons s. M.	4 à la Pomme d'Or.
De Châlons à la Chaussée	4
De la Chaussée à Vitry,	4 hôtel Vallet.
De Vitry à Longchamp,	4
De Longchamp à S. Dizier	3 hôtel Lanoue.
De St. Dizier à Saudrupt,	3
De Saudrupt à Bar s. O.	3 hôtel du Cigne, chez Fatalot.
De Bar-sur-Orn. à Ligny,	4 hôtel Barbillon, ou chez Rogéra.

Routes.	*Logis.*

De Ligny à Saint-Aubin, 2 chez Dusaux
De Saint-Aubin à Void , 3 *& demie.*
De Void à Layes , . . . 3
De Layes à Toul, ... 3 hôt. de la Paix, chez Bastien.
De Toul à Velaine , . . 3
De Velaine à Nancy , . . 3 hôtel du Petit-Paris.
De Nancy à Dombasle , . 4
De Dombasle à Lunéville 3 au Cheval de Bronze.
De Lunéville à Bénaménil 3 *& demie.*
De Bénaménil à Blamont 4
De Blamont à Héming, 4 à la Poste aux chevaux.
D'Héming à Sarrebourg, 2 au Sauvage, chez Lacuse.
De Sarrebourg à Homartin 2 à la Poste aux chevaux.
D'Hommart. à Phalsbourg 2 hôtel du Bœuf.
De Phalsbourg à Saverne 3 au Pied de Bœuf.
De Saverne à Wiltenheim 4 à la Poste aux chevaux.
De Wiltenh. à Stutzheim 2
De Stutzheim à Strasbourg 3 à l'Esprit, chez le cit. Weiss.

121 lieues.

NOMS DES MARCHANDS DE VIN D'EPERNAY.

Miotte.
Camiat et compagnie.
Lachapelle le jeune.
Damien, Paniset.
Gribus.

Commerce de Châlons-sur-Marne.

Laverne, frères, commissionnaires.

Commerce de Saint-Dizier.

Bouland Bouland, commissionnaires et négocians.
Veuve Dehaut, marchande de fer.

Commerce de Bar.

Voyez à la suite de la Lette VII, page 17.

Commerce de Nancy.

Voyez à la suite de la IX lettre, page 25 et suivantes.

Commerce de Lunéville.

Voyez la suite de la Xe. lettre, page 31.

Commerce de Strasbourg.

Voyez à la fin du volume, pag. 95 et suivantes.

E R R A T A.

Page 103, seconde colonne, ligne 13, 85, *lisez*, 35.

Même page, ligne 19, Bishheim, *lisez*, Bischheim.
Même page, ligne 22, Bichewiler, *lisez*, Bischewiler.

Pour 8 autres, voyez les pages 3 et 4 du voyage.

INTRODUCTION

Arthur Young, auteur Anglais, a voyagé en France, depuis 1787 jusques en 1791, pour s'assurer dit-il, de l'état de l'agriculture, des richesses, des ressources et de la prospérité de ce pays. La première et seconde édition de ses voyages ont eu beaucoup d'amateurs. Quoique cet estimable auteur se soit donné bien des soins pour se procurer les renseignemens qui devaient lui servir de matériaux ; qu'il ait été recommandé dans plusieurs provinces, à quelques personnes à portée de lui en fournir : après avoir lu les trois volumes qui composent sa dernière édition, la curiosité des Lecteurs n'est pas satisfaite.

J'ai voyagé environ vingt-deux années dans les pays qu'il a cherché à décrire ; et presque dans le même but, j'ai trouvé que cet étranger a fait bien des efforts, franchi bien des obstacles pour obtenir de faibles notions sur la France ; mais c'est beaucoup pour un Anglais.

Le goût que la génération présente, paraît mettre à ce genre de connaissances, m'a fait entreprendre de publier l'état du département du Bas-Rhin. Si le public accueille ce travail, je me propose de lui donner isolément, la description de plusieurs autres que j'ai également parcourus.

Ne serais-ce que l'avantage d'être du pays que l'on veut faire connaître ? Il me semble qu'un Français qui a passé une grande partie de sa vie à voyager dans l'étranger, et principalement en France ; qui a journellement l'occasion de puiser des renseignemens du cultivateur, du manufacturier, de l'administrateur, du curieux, du magistrat ; de vérifier lui-même les choses sur les lieux, contre qui les chefs des bureaux ne peuvent avoir aucune défiance ; est certainement plus à-même de faire connaître les ressources de la France, qu'un Anglais, qui, en se donnant mille fois plus de peines, trouve des obstacles à chaque pas comme à chaque phrase, s'il veut avoir des renseignemens positifs d'un homme de la campagne, et souvent même d'un habitant d'une ville.

J'ai éprouvé des difficultés incalculables dans les voyages que j'ai fait en Angletterre, dans les années 1784, 1785 et 1786, dans les mêmes vues qu'Arthur Young. Aussi, quoique ayant beaucoup vu et pris des nottes très-intéressantes dans cette Isle, je sens que si je voulais les publier, mon ouvrage serait loin du degré de perfection et d'exactitude de celui qu'un habitant de la Grande-Bretagne peut donner.

Je pense que le philantrope Anglais me saura gré des nottes qu'il trouvera dans cet ouvrage.

Pour mettre mon lecteur dans le cas de s'y reconnaître, je rapporterai les passages d'Arthur Young, dans la partie de la France où je voyage, afin que l'on puisse trouver facilement ce que nous en auront dit l'un et l'autre. Je me dispenserai d'y joindre diverses anecdotes et petits événemens qui lui sont arrivés, çà et là ; ils m'ont paru de trop peu d'intérêt, et en même-temps étrangers à la matière principale.

Je publie mes lettres telles que je les ai écrites sur les lieux à un curieux de mes amis. J'ai mis en dix chapitres ce qui concerne les ressources du département entier du Bas-Rhin.

VOYAGE

DE PARIS A STRASBOURG,

ET PRINCIPALEMENT

DANS TOUT LE BAS-RHIN.

LETTRE PREMIERE.

Du 1ᵉʳ. Floréal.

MEAUX, (Seine et Marne.)

CE n'est pas les cinq départemens entiers que j'ai à traverser que je décris ; mais ce qui est le long de la route pour me rendre à celui du Bas-Rhin, qui se trouve à l'extrêmité de la République.

En sortant de Paris, ce matin, je suis venu dîner à Claye, six et demi-lieues de poste par Bondy ; mais il n'y en a défectif, que quatre. J'ai fait cette route à cheval au pas, dans deux heures ; de Claye ici, en trois.

Depuis Paris jusqu'à Bondy, les grandes quantités d'engrais que les jardiniers, ainsi que les cultivateurs, se procurent, les mettent dans le cas de faire plusieurs récoltes dans l'année, en causant avec le citoyen Upain, de qui j'ai vu le jardin, il m'a assuré en faire au moins cinq et jusqu'à six en tems favorable. J'ai observé que plusieurs jardiniers closent leurs propriétés avec des murs faits de boues fraîches. Lorsque l'influence du temps en a fait une espèce de terreaux, ils les emploient sur leurs jardins, les remplacent par des nouvelles. Ces engrais accélèrent la végétation des légumes, mais leur laissent un goût désagréable, notamment à ceux qui croissent rapidement, tels que la laitue, &c. On m'a assuré qu'un homme qui possède trois arpens de dix mille mètres l'un, (qui approche de deux de l'ancienne mesure, chacun de quarante-huit mille quatre cents pieds) de surface, cultivé en jardin, aux environs de Paris, peut vivre très à son aise, et élever une famille.

De Paris à Bondy, il y a des terres du second ordre. Dans plusieurs endroits on voit dans les champs des carrières d'où on tire de belles pierres à tailler, avec lesquelles on bâtit. De l'autre côté, Monmartre fourni du plâtre; ce sont de belles ressources pour une aussi grande cité. Les environs de Londres ne présentent pas sans doute ces avantages, puisque la majeure partie des maisons, même des palais sont en briques.

De Bondy à Claye, il y a des terres à bled, qui étant engraissées une fois chaque deux ans, donnent, à-peu-près sept pour un.

La prairie artificielle y est en plusieurs endroits; les bords de la Marne en ont de belles naturelles; il y a quelques côteaux plantés en vignes; mais c'est peu en raison des autres surfaces; d'ailleurs la qualité de vins y est très-médiocre. Les pâturages des environs de Meaux, ont la propriété de donner un laitage délicieux, duquel on fait du beurre et sur-tout des fromages des plus estimés.

Le sol depuis Paris ici, est presque plat, parsemé de petites éminences, pays ouvert; rien de saillant. (Soupé, couché et frais du cheval, 3 francs 60 cent).

LETTRE DEUXIÈME.

Du 2 floréal.

CHATEAU-THIÉRY, (Département de l'Aisne.)

J'ai dîné aujourd'hui à la Ferté-sous-Jouarre, cinq lieues de Meaux, à mesure que j'avance vers l'est la plantation des vignes y est plus multipliée. A peu de distance de la Ferté, il y a de belles carriéres d'un tuf des plus durs ; c'est de-là où l'on tire ces meules de moulin si précieuses ; l'Angleterre et plusieurs autres nations étrangères sont souvent tributaires de ce pays ; nulle part, en Europe, on ne connaît des pierres qui égalent cette qualité pour la durée, et pour obtenir des belles moutures. Le curieux doit se détourner et s'arrèter quelques momens pour les voir façonner , et visiter les carrières. Je suis tenté de croire que c'est une pierre volcanisée , car elle est porreuse comme la pierre-ponce ; mais d'un grain plus lourd et plus grossier. Ces carrières sont d'un grand revenu, inépuisables, quoique l'on en tire depuis bien des siècles.   (Young n'en dit rien).

LETTRE TROISIÈME.

Du 5 floréal.

ÉPERNAY, (Département de la Marne.)

J'ai mis presque une journée à visiter les environs de la Ferté et de Château-Thiéry, pour reconnaître leurs productions et la nature des terres ; celles à bled n'y rendent pas au-delà de 6 1/2 pour un, au terme moyen. Les meilleurs prés naturels donnent à la première coupe, cent livres de foin sec, sur chaque mille pieds de leur surface; (environ trois cent vingt-cinq mètres quarrés). Les plantations de vignes les mieux en état, bien exposées, rendent, année commune, quarante à cinquánte bouteilles de vin, ou pintes de Paris, à chaque même surface.

Je suis maintenant dans la commune la plus centrale des meilleurs vignobles de la ci-devant Champagne. Les vins d'Épernay, d'Ay et de leurs environs, sont des qualités supérieures; on fait des mousseux, non mousseux; du rosa, du blanc et du rouge; ces vins sont pétillans, extrêmement agréables; mais capiteux, sur-tout les qualités mousseuses.

Le sol sur lequel est cultivée la vigne, contient diverses natures de sels qui ont la rare propriété de donner un vin que l'on ne peut imiter nulle autre part : tout le monde connaît la réputation dont jouissent les vins de Champagne; il y en a qui se vendent ici en gros 3 francs la bouteille; mais dans le commerce, à prendre les qualités de vins fins de Champagne, des environs de Rheims et de ceux d'Épernay, les rouges comme les blancs, le prix moyen, année commune, peut être porté à 1 franc, le verre compris, ou de 60 à 70 centimes la bouteille, en futaille; ainsi un arpent de la nouvelle mesure metrique, (10,000 mètres), estimé produire environ 1500 bouteilles à 1 franc, font 1500 francs; à déduire pour les frais de vendange, culture, de cueillette, du tonnelier et divers autres frais ou les contributions. 205 fr.

Quinze cents bouteilles, bouchons, fil de fer, cire, soutirage, &c. 560

$$\overline{\qquad}$$

765 fr.

Reste net. . . . . 735 fr.

Cette surface en vignes, vaut ordinairement 4000 fr.
Ce capital rend donc de 16 à 18 pour cent d'intérêts :
mais il y a des événemens à courir, me dira-t-on,
à garder cette denrée, vu qu'il y a nombre de bouteilles
que le vin fait sauter. Je repondrais, que le propriétaire
qui a les moyens de conserver son vin, de le vendre
à l'étranger, est dédommagé de cette perte, vu qu'il
vend ces qualités de vins l'un dans l'autre, de 40 à
50 sous ; c'est-à-dire, à-peu-près le double. Ce bénéfice,
il est vrai, est plus souvent pour le marchand de
vin, que pour le propriétaire ; il est rare que celui-ci
le vende directement à l'étranger qui le consomme.
L'on observe qu'il y a tant d'autres événemens à courir
sur la culture des vignes, à cause de l'intempérie des
saisons. Je répondrai que quand on recueille peu,
l'on élève le prix dans une proportion qui dédommage
le propriétaire au moins des trois cinquièmes du
bénéfice qu'il aurait dans une heureuse année. Je
doute qu'il y ait en Europe, des fonds de terres en
grande culture qui donnent un plus beau revenu ;
c'est cependant un sol calcaire, mélangé de terres légères,
mais très-inégalement. Le luxe des tables Anglaises
et de bien d'autres nations étrangères les rend aussi dé-
pendans de cette contrée.

N'usez pas trop du vin de Champagne non mousseux,
il a la propriété de rendre l'homme gai, sans l'in-
commoder.

Voici le rapport d'Arthur Young, sur ce pays,
tome second, page 449 et suivantes.

,, A Épernay, &c. en Champagne, les deux tiers du
pays des environs, près d'Ay, Cumières, Piéry,
Disy, Haut-Villers, &c. sont en vignobles ; et c'est

là où l'on fait les célèbres vins de Champagne. Le canton qui produit le vin blanc fin, ne contient que cinq lieues de longueur ; et il y a un autre espace de trois ou quatre lieues de plus pour Avize, Ongé, Lumené, Grammont, &c. où l'on fait le vin blanc avec du raisin blanc seulement. A Ay, Piéry et Epernay, tout le vin blanc est fait de raisin noir. La montagne de Rheims, Bouzé, Verzy, Verzné, Tise, Héry et Cumières, sont célèbres pour le vin rouge de la Marne. A Héry on fait aussi la première qualité de vin blanc. Avec le raisin noir on fait du vin rouge ou du vin blanc ; mais avec le blanc on ne fait que du vin blanc. Le prix de la terre est très-haut : A Piéry, 2000 francs ; à Ay, de 3 à 6000 francs ; à Haut-Villers, 4000 francs. Les plus mauvaises du pays se vendent 800 francs l'acre. Le produit, comme on doit le supposer, varie beaucoup. A Ay, il est de deux à six pièces ; produit moyen, quatre. A Reuil et à Vanteuil, il va à vingt pièces. A Haut-Villers, couvent de Bénédictins, près d'Epernay, il y en a quatre-vingt arpens, qui rapportent de deux à quatre pièces par arpent. Le prix varie également ; à Ay, le taux moyen est de deux pièces à 200 francs ; une à 150, et une à 50 francs.— Selon une autre relation, de 2 à 800 francs la queue.— A Reuil et à Vanteuil, il est de 60 à 100 francs. Les vins de Haut-Villers valent de 7 à 900 francs la queue. Le vin rouge vaut de 150 à 300 francs.

„ *État estimatif d'un vignoble considérable, qui m'a été donné à Epernay.*

Pour un arpent.——Intérêt de l'achat, 3000 liv. 150 L.

       Travail, ... - 55

       Provins,. 24

     Pour lier, ... 8

     Echalas, ... 3o

     Engrais, un quinzième de fumier

       sur 14 de terre , ... 2o

     Vendange, 12 liv. par pièce, . 48

     Tonneaux , ... 15

     Taille, vingtième et capitation, . 9

     Aides, 15 liv. par queue, . . 3o

     Caves, presses, réservoirs, cu-

      ves, &c. et bâtimens pour les

      contenir, 8000 liv. pour 20

      arpens ou 400 liv. par arpent

      intérêt 20

               —————

                4o9

Produit.

D'un arpent.——Deux pièces à 200 liv. . . . . 400 L.

     Une ditto, ... 150

     Une ditto, ... 5o

               —————

                6oo

     Dépenses, ... 4o9

     Bénéfice , ... 191

Ce qui, avec l'intérêt de l'achat ci-dessus marqué, fait dix pour cent pour 3000 livres de terre, et 400 livres de bâtimens, le taux général, supputation admise dans le pays. Il faut soixante femmes pour cueillir le raisin pour quatre pièces, à cause de l'attention qu'il est nécessaire de donner au choix des grappes, circonstance dont dépend beaucoup le bouquet du vin, ainsi que de la singularité du sol et du climat; le sol est tout calcaire, il est même blanc à force de craie. Le superbe penchant d'une colline de craie, qui s'alonge vers le midi, entre Disy et Ay, est entièrement couvert de vignes depuis le haut jusqu'en bas, et est le plus célèbre vignoble de la province. C'est véritablement plutôt de la marne que de la craie; dans quelques endroits elle est blanche, dans d'autres, beaucoup plus brune; elle pourrait s'appeller un lut calcaire sur un fond de craie. Cette marne est, dans quelques endroits, fort profonde, et dans d'autres sur la surface seulement. On me fit voir des terres qui valaient 600 livres l'arpent, et d'autres qui allaient à 3000 liv.; mais la différence du sol n'était pas sensible; et je ne crois pas non plus que cette différence provienne du sol: aucun n'approchait de la craie pure. Il est impossible de découvrir, dans l'état actuel des connaissances et des instructions, de quoi dépend la qualité extraordinaire du vin. Les gens du pays assurent que souvent, dans une pièce qui n'a pas plus de trois arpens, dans laquelle le sol est, selon toutes les apparences, parfaitement semblable, il n'y a que l'arpent du milieu qui donne de bon vin,—les deux autres n'en produisent que d'une moindre qualité.

Dans de pareils cas, lorsqu'il se trouve des choses dont on ne peut pas découvrir la cause, l'amour du peuple pour le merveilleux se porte toujours à des exagérations, ce qui arrive probablement ici.— L'attention donnée en cueillant le raisin et en ôtant de

(9)

chaque grappe tout raisin gâté, doit beaucoup contribuer à rendre le vin de la première qualité, quand la
différence du sol n'est pas frappante. „

Si Arthur Young passait maintenant ici, il reconnaîtrait un peu plus d'aisance dans le petit propriétaire.
Il aurait à retrancher de son compte de frais, page
450 du même tome, — Taille, vingtième et capitation
pour un arpent de surface . . . .   9 f.

Que le rôle des contributions actuel ne porte
qu'à 5 francs environ. Différence pour le propriétaire   4
Aides (supprimées)   30
                                                34
La suppression des dîmes; évaluées 60
                                                94 f.

„ Page 455, *idem*, il dit:
Le propriétaire qui vend une pièce de vin
de la valeur de 200 fr., paye un droit de .   10 f.
Les 10 sous pour livre.   5
Augmentation de jauge, &c   5
Octrois de la ville et du roi.   5
                    TOTAL . . . .   119 f.

Ces impôts ne sont plus.

L'effet de la révolution a donc fait une économie
annuelle de cette somme sur un arpent de vigne,
ce qui est tourné au profit du propriétaire ou du
négociant de ce pays, vû qu'ils ne vendent pas leurs
vins fins à plus bas prix qu'en 1790.

LETTRE QUATRIÈME.

Du 7 Floréal.

Chaalons, (Département de la Marne.)

Dans l'intervalle des huit lieues de poste que j'ai fait hier d'Epernay ici, les plantations y sont moins considérables ; mais il s'y recueille beaucoup plus de bleds, de chanvres. Il y a de bonnes prairies naturelles, que la Marne fertilise dans ses voisinages ; le pays a bien moins de côteaux qu'aux environs d'Epernay ; il est beaucoup plus plat, ouvert de toutes parts ; les traits d'un paysage varié, se perdent dans le lointain ; rien de bien saillant. Les villages y paraissent moins nombreux. Je vois une grande quantité de bâteaux plats ; des radeaux chargés de diverses denrées du pays, qui descendent à Paris. Il paraît qu'il passe ici nombre de voyageurs et de voitures, par terre et par eau ; c'est sans doute l'une des ressources des habitans de Châalons. Malgré cet avantage, il me semble qu'il y a beaucoup de pauvres ; je ne sais pourquoi ; car il y a un sol qui n'est pas ingrat ; des fabriques de filature de coton (aux petites mécaniques) ; d'autres en laines. Il s'y fait des draperies ordinaires ; tout cela peut occuper les bras. Etais-ce paresse ou découragement ; je les ai vu sous l'ancien régime , montrer un air de bien plus grande misère ; aujourd'hui, l'extérieur de leur maison annonce plus d'aisance ; mais il n'y a pas l'industrie qu'il pourrait y avoir ; elle serait bien favorisée par cette rivière navigable jusqu'à Paris où elle se confond avec la Seine ; par conséquent on peut naviguer jusqu'à l'océan. Que de ressources inconnues ici n'y trouverait - t - on pas, s'il y avait quelques colonnies de Hollandais, composée de bons cultivateurs des environs d'Amersfort, de quelques autres de ces Provinces; des navigateurs et des négocians, constamment occupés à tirer partie de tout ce qui se présente; bientôt on verrait ce pays totalement changé. La rivière présente-t-elle de trop grandes difficultés pour être remontée depuis Paris? Ces hommes y pratiqueraient un canal que ces eaux alimenteraient; on ne verrait pas ces cultivateurs laisser des terres en jachères; moins encore vendre des fourrages pour être transportés au loin; mais ils les feraient consommer chez eux pour avoir abondamment des engrais, en élevant un plus grand nombre de bétail.

Ces grandes quantités de bois, de fers, qui se façonnent le long de la Marne, qui descendent sur elle, seraient en partie converties, avant de sortir de ces contrées, en divers genres d'outils, grosse quincaillerie, clouterie, &c. L'intérieur de ces habitations serait proprement tenue; tout serait mieux ordonné dans l'économie générale de la distribution du travail; mais il faudrait bien des générations pour former les habitans des bords de la Marne, au goût et à la constance des Hollandais. Quelle différence entre la tenue de la meilleure auberge de Châalons, et celle connue à Rotterdam, sous l'enseigne du Maréchal de Turène; des Armes de la ville, à Amsterdam, et de presque toute la Hollande. Il est vrai que là où la nature a tout fait pour l'homme, l'homme fait bien peu pour elle; et là où elle a été ingrate, il fait toujours beaucoup pour l'embellir.

Peut-être la nouvelle forme du Gouvernement Français, fera avec le tems, changer ces vieux systêmes,

Il me paraît que depuis la révolution, il y a quelques progrès d'amélioration en agriculture. Arthur Young, si tu faisais un autre voyage en France, tu t'appercevrais de cela dans plusieurs contrées de cet empire. Tout cela, sans la révolution, se serait fait plus lentement.

LETTRE CINQUIÈME.

Le 9 Floréal.

Vitry-le-Français, (Départ. de la Marne.)

De Châalons ici, il y a huit lieux de poste; peu de variété dans ce pays. Des plaines avec des petites montagnes. Des moyennes qualités de terres labourables, bois, prairies naturelles, peu d'artificielles. On est ici trop loin des grandes cités, pour se procurer la quantité d'engrais qui serait nécessaire; et on n'y supplée pas par un plus grand nombre de bétail qu'il faudrait y élever pour se les assurer. La majeure partie des terres sont d'un faible rapport par le mauvais système de culture qui y est suivi.

C'est ici comme dans les plus grandes parties de la France; je vois que les habitans des campagnes manquent plutôt de lumières ou de connaissances agronomes, que de moyens. Il y a beaucoup de bonnes terres, mais qui fructifient peu entre les mains de tels cultivateurs: L'aspect de ce pays pourrait devenir beau, par une variété de culture plus générale, et qui serait relative à la nature du sol, à sa température.

Je vois avec peine, une quantité de maisons dans les faubourgs de Vitry, bâties en bois, et enduites d'une

espèce

espèce de terre grasse; aussi sont - t - elles sujettes à de réparations continuelles. Je ne veux certainement pas dire par - là, qu'il n'y ait beaucoup de maisons bien construites. L'histoire veut que ce soit François Ier. qui a jetté les fondemens de cette ville.

LETTRE SIXIÈME.

Du 12 *Floréal.*

Saint-Dizier, (Département de la Haute-Marne).

Le sol change un peu dans l'intervalle des sept lieues qu'il y a depuis Vitry, ici; sa couleur, dans plusieurs endroits, est d'un jaune-brun qui indique contenir beaucoup de mineret de fer. En effet, j'apprend que dans le voisinage, il y a un grand nombre de forges, à une, deux, trois, quatre et cinq lieues, de toutes parts, on y trouve des beaux établissemens de ce genre. Pour les visiter, il faut le plus souvent s'écarter de la grande route; mais ils méritent d'être vus. C'est dans ces usines où l'on consomme des quantités immenses de bois; la découverte du citoyen Brune, d'une nouvelle manière pour la carbonisation, valeur être d'une économie, à ce que l'on assure, du quart au tiers du bois qui se consommait inutilement par l'ancien procédé. (Voyez le N.º 15 des Annales des Arts et Manufactures, publié l'an neuf). Cette heureuse découverte y sera sensible. Les fabricans de fers, &c. pourront au besoin, établir le prix de leurs marchandises plus bas, puisqu'ils leur faudra moins de bois. Tout les habitans en obtiendront meilleur marché. J'observe en passant que la grande plantation de vignes dans ce pays, demande beaucoup de bois pour les échalats; il n'en est pas de même dans les départemens méridionaux de la France, où il n'en faut pas, parce que les ceps sont plantés à 1. 1/2 même jusqu'à 2 mètres de distance l'un de l'autre; chacun d'eux trouve une assez grande quantité de terre autour, pour parvenir à une grosseur d'environ 30 à 40 centièmes de mètres de circonférence (de 10 à 15 pouces de pourtour); on ne les laisse pas monter au-delà d'un demi-mètre, (18 à 19 pouces). La vigne ainsi gouvernée, se soutient d'elle même; ses nouveaux jets sont plus multipliés; on les laisse presque ramper. Les bois de leur taillis annuel, produit dans plusieurs endroits, ce qui est nécessaire à l'usage des cuisines, du chauffage et autres emplois domestiques. Mais en France, depuis le 45°. degrés de la latitude, (Lyon et le voisinage) au 49°. on cesse cette plantation; on se sert des échalats pour élever la vigne; et on a mis en usage un systême tout opposé à sa culture; car au lieu de la planter à la distance dont nous avons fait mention (comme au Gard, l'Hérault &c.), on les mets à celle de 12, 15 ou 18 pouces (d'un tiers ou demi-mètre l'une de l'autre), ce qui ne permet pas à la plante d'acquérir la grosseur et la vigueur des ceps, des départemens méridionaux.

Dans ces dernières contrées, il faut considérer que la vigne fourni du vin et du bois de chauffage; ici elle demande au contraire de forts échalats pour être soutenue. On y donne bien des soins pour obtenir des médiocres qualités de vins.

Il faut espérer qu'avec le temps , on fera usage des procédés indiqués pour la formation du vin par Chaptal , notre Ministre actuel de l'intérieur.

LETTRE SEPTIÈME.

Le 14 Floréal.

BAR-SUR-ORNAIN, (Départ. de la Meuse.)

J'arrive pour dîner ; j'ai fait le chemin de Saint-Dizier ici, en cinq heures (six lieues). Les plantations en bonnes espèces de vignes, deviennent plus nombreuses; les environs de cette ville en sont couverts. Le pays a de très-riches côteaux, dont les qualités de vins sont très-estimées, elles sont délicieuses : à l'âge de 3 à 4 ans on peut les transporter jusqu'à 35 ou 40 lieues de Bar ; mais elles supportent rarement d'être conduites plus loin sans dépérir. Ces vins sont généralement très-délicats, et ne souffrent que difficilement un court trajet sur la mer. Je doute qu'ils se puissent bien conserver pour passer en Angleterre.

Les meilleurs côteaux qui le produisent, sont Lormicé, Nauchamps, derrière la Chapelle des Gros-Saints, finage de Longeville, Caurotte, &c.

Depuis Epernay, jusqu'aux environs de Bar, il n'y a que des plans en espèces de vignes communes. On y voit peu de situations propices pour obtenir des bons vins ; il ne s'y en récolte que du médiocre à l'usage des gens de peine; mais la vigne y est plus généreuse; et par conséquent les vins à plus bas prix.

La quantité qu'il s'y récolte, fait cependant rendre au moins à dix pour cent l'intérêt des capitaux que l'on y employe; mais aux environs de Bar, on peut les compter, (depuis la suppression de la dîme), à quinze pour cent pour les propriétaires qui ne sont point pressés de vendre, et qui attendent les époques favorables.

Depuis Saint-Dizier jusques ici, les terres à bleds ne rendent pas au terme moyen, au-delà de 5 3/4 à 6 1/4 pour un; l'on varie très-peu les cultures; ici, les vignes, les bleds, les prairies naturelles et les bois, occupent la majeure partie du sol. Ces sortes de propriétés rendent de quatre à cinq pour cent.

Plusieurs forges sont dans ce voisinage; les principales sont; (celles de Naix, Montier-sur-Saux), Dammarie, un haut fourneau de Cousance, où l'on ne fait que de la poterie en fonte. Forge de Jandeure, d'Haironville, Clomrostier, Marnaval, Hurville.

Les habitans de Bar me paraissent plus actifs, plus industrieux, plus portés pour le commerce, que tout ce que j'ai vu depuis que j'ai quitté Paris. La ville haute est mal bâtie; mais la partie basse l'est assez bien. Il y a une fabrique d'étoffes fils et cotons, et tout cotons. Plusieurs en bonneterie en coton, en laines, en diverses étoffes. Mais un assez grand commerce en épiceries, draperies, &c. Bar a la réputation de bien fabriquer une espèce de confiture de groseille très-estimée; il s'en exporte au loin.

Depuis quelques années, la culture des navets s'est

propagée dans ces environs; et il s'y fait maintenant une bonne quantité d'huile de ces graines.

Relativement à la ville, les montagnes sont ici plus rapprochées; le pays offre beaucoup de traits saillants; tout y est moins monotone.

L'industrie marquante des habitans de cette petite ville, m'a engagé à prendre le nom des principaux négocians et fabricans qui s'y trouvent.

En voici la note dans leur genre respectif.

PRINCIPAUX MARCHANDS DE BAR.

Pour l'épicerie.

Millon, (Guillaume)
Vergot Baudot.
Bellot Vergey.
Vergey frères.
Villeroy.
Poupart, Guebey le jeune.
Nivart.

Pour Draperie.

Les frères Guebey.
Guebey le jeune.
Desmoulins.

Pour les mousselines et autres marchandises de Suisse, tant blanches qu'en impression.

Les cousins Garnier.
Garnier Tuppin.

Vuillot Robert.
Garnier Lelièvre.
Auger, négociant et commissionnaire.
Colon.
Leblanc Gaud.
Gaud frères.

Pour les vins.

Raux.
Demangeot Barrois.
Jacqueminot.
Jacqueminot Herbillon.
Thomas.

Deux manufactures considérables de toiles, mouchoirs de coton en tous genres.

Trancart et Lallemand.
Tupin fils.

Il se fait aussi un commerce considérable de planches
et fers, qui s'exportent. Les principaux marchands
pour les planches, sont :

Les frères Robert et Paillot.
Didiot l'aîné,
Parisot Crossette.

Pour les fers.

Hannotin Berger.
Didiot Vignon.

Fabriques de bas et bonnets de coton.

Poriquet.
Morgey.

Me voici dans une partie de l'ancien gouvernement
de Lorraine.

LETTRE HUITIÈME.

Le 16 *Floréal.*

V O I D , (Département de la Meuse.)

De Bar ici, neuf lieues. J'ai dîné en passant à
Ligny, petit endroit assez agréable. Les prairies de
la Meuse sont bien servies par la rivière de ce nom ;
il y en a qui donnent 4000 à 4300 livres pesant de
foin sec par coupe , sur une surface d'un arpent de
10,000 mètres (environ 1. 1/2 fauchée de Lorraine)
Les terres à bléd, rendent au terme moyen 5. 3/4 pour
un. La vigne est un revenu de huit pour cent. Les
bois de 4. 1/4 à 4. 1/2, avant 1760, ils ne rendaient pas
plus de 2. 1/2. Il y a le même vice que dans la Marne ;
les campagnes, on y manque de goût d'instruction. On
ne varie pas assez les cultures; il y faudrait au moins
au double d'engrais pour leurs terres labourables. Il me
paraît que la prairie artificielle commence à s'y pro-
pager un peu ; mais le droit de parcours s'oppose à se
progrès ; l'on aura bien de la peine à le supprimer
et tant qu'il existera, le cultivateur n'ayant que très-
peu d'avantage à mettre une partie de son terrein
en trèfle, luzerne, sainfoin, &c., attendu que les trou-
peaux de chaque communes sont plus de la moitié de

l'année lâchés dans des propriétés ouvertes, il y en a peu qui soient fermées, excepté aux environs des villes et villages.

Les grandes propriétés se divisent ici journellement depuis la révolution ; il n'y a presque pas dans les villages un habitant qui ne soit propriétaire de quelques pièces de terres. La plus grande partie des surfaces me paraissent contenir de la mine de fer en poussière ; sa couleur en est l'indice.

Je n'ai aperçu que de 9 à 18 pouces de terres végétales généralement partant depuis Bar ici, au-dessous de laquelle on trouve des couches de pierres en écailles, plus ou moins épaisses, qui s'enlèvent par des forts et profonds coups de la charrue.

De Ligny à Void, il y a un peu de vignes ; le pays y est boisé en plusieurs endroits ; au nord et au sud, les bois sont d'une exploitation facile ; les espèces sont plus communément chênes, hêtres, charmes et bouleaux.

LETTRE NEUVIÈME.

Du 19 Floréal.

Nancy, (Département de la Meurthe.)

En sorsant de Void, j'ai quitté le département de la Meuse , pour entrer dans celui – ci. J'ai dîné en passant à Toul hier (6 lieues de Void). Les environs en emphithéâtre, exposé au levant et au midi, sont plantés en vignes. On est étonné de voir multiplier aussi considérablement cette plantation depuis 1789.

Pour obtenir plus de quantité que de qualité, on a presque substitué par-tout la grosse à la petite espèce de raisins.

Il paraît que le climat n'est pas aussi favorable à cette dernière, et quoiqu'on obtienne aujourd'hui des qualités moins agréables. Les propriétaires des vignes gagnent plus d'en cueillir à peu-près le double en qualité inférieure. Ceux qui ont encore conservé les plans de petite race, ont des vins qui se vendent au plus de 20 à 25 pour cent plus haut. Ainsi sur une surface de 10,000 mètres, (soit dit le nouvel arpent, ou environ un arpent 7. 1/2 de Lorraine). On peut recueillir, année moyenne, 2500 bouteilles de vin fin, qui vaut à peu-près 16 centimes l'une; ce qui fait une somme de 400 francs; tandis que sur une pareille surface, il est assez généralement reconuu que la vigne de grosse race peut donner de 4800 à 5000 bouteilles, qu'on peut vendre 13 cent.; ce qui fait une somme de 625 à 650 francs. Les dépenses sont les mêmes que pour la culture de la première espèce.

Ces côteaux en vignobles, sont sur un sol parsemé de petites pierres en plusieurs endroits; et d'une terre à demi-forte. Quelques côtes sont d'une couleur grise de plomb pâle, qui contiennent des parties marneuses. Je présume que ces pierres sont calcaires, et se dissolvent avec le temps par son influence.

Les récoltes qui en proviennent, sont maintenant

considérées l'un des principaux revenus des habitans de Toul et des communes voisines. Dans le plat pays des environs, ce sont des terres à bled; des prairies au bord de la Moselle; de belles forêts de hêtres, boulots, chênes, charmes, &c., occupent d'autres surfaces, c'est-à-dire le plus mauvais sol.

L'art de l'irrigation pour les prairies naturelles est tout-à-fait ignoré dans ces contrées, où du moins les habitans n'en font pas usage, quoiqu'il y ait au bord de la Moselle, des terreins inclinés, propres à y établir des canaux à petits frais.

En sortant de Toul, pour venir à Dommartin, sur la route de Nancy, on passe deux ponts pour traverser la Moselle; à la droite je vis une petite plaine nouvellement défrichée, supérieurement cultivée, ayant des denrées très-variées; terrein divisé en petits lots; ce qui m'a fait présumer qu'elle appartenait à divers propriétaires. A ma gauche, un terrein de même nature, seulement coupé par la grande route, se trouvait aride; à peine y voyait-on un mauvais pré d'un verd mourant. Toutes les plantes paraissaient y souffrir, et de nul rapport. Je m'informai chez le citoyen Styre, à Dommartin, de la raison pourquoi à la droite du pont on voyait de si riches récoltes, et sur la contre partie un sol aussi aride : ,, Avant 1790, ces ,, riches morceaux n'était rien ; du depuis il a été divisé ,, aux habitans, par lots, dans les premières années ,, de la révolution ; ils les ont convertis en le nivelant, ,, l'angraissant, en chenevières, vergers, jardins qui ,, tiennent le premier rang de ceux de nos environs. L'on peut en tirer un loyer d'environ 65 à 70 francs de l'arpent métrique : tandis que la contre partie est

restée indivise entre les habitans, ils l'ont destinée
pour y envoyer leurs bestiaux pâturer. Je suis persuadé
que la dixième partie d'un arpent de ce qui est cultivé
rapporte plus que les 3o à 4o qui sont incultes.

Qu'on juge maintenant de l'avantage qu'il y a
eu pour le peuple, du partage des biens communaux, plusieurs familles se nourrissent de ces partages;
à la contre-partie il n'y a pas de quoi nourrir quatre
chêvres toute l'année.

Les biens ruraux des environs de Toul, se vendent
actuellement de 8 à 10 pour cent, plus haut qu'avant
la révolution. Cependant ils rendent un intérêt de 4. 1/4
à 4. 1/2 pour cent; et la vigne au moins le double.

Toul a des remparts assez jolis. Il y a un hôpital
militaire, des casernes et des magasins pour les troupes.
Cette ville présente quelques idées d'une place forte
du troisième ordre. Il y a peu de commerce dans
cette commune.

De Toul à Nancy, il y a plus des trois quarts du
sol en forêts nationales ou communales. Demi-lieue
avant d'arriver à Nancy les bois cessent, et les côteaux
qui forment une partie du bassin de la Meurthe, sont
plantés de vignes. C'est là où commence le quartier
appellé la côte des Chanoines. Le vin en provenant
est des plus estimés du département.

Du haut et en descendant la côte on découvre l'un
des plus beaux tableaux de la nature, dans un bassin
d'environ dix-huit lieues de pourtour, traversé par la
belle rivière de la Meurthe, entremellée de mille
variétés naturelles, et sur-tout des villages, des groupes
de maisons de campagnes, depuis les pieds jusqu'au
sommet des montagnes, entouré de belles plantations

de vignes, au bas desquelles se trouvent des prairies, des vergers, des terres labourables, des jardins; les crêtes des monts sont couvertes de forêts, je ne dirais pas de très-haute futaye, mais des hêtres, des chênes, des charmes, bouleaux, ormes, &c., trés-toufus.

Les champs les plus voisins de Nancy, sont maintenant des jardins potagers; une culture variée à chaque pas. Et dans la plus heureuse situation, une ville des mieux bâties; les rues presque entièrement alignées (excepté la partie appelée la ville vieille, sur la route de Metz); des places et des promenades publiques qui portent le sceau des beaux arts, du bon goût, de l'utile réuni à l'agréable, les rues larges, des fontaines multipliées : l'air ne peut qui être salubre.

Les principales vues dignes de l'attention d'un peintre et d'un amateur, sont celles de Bouxières-au-Mont, Lay-Saint-Christophe, Champigneulles, Pixerécourt, Malzéville, Maxéville, le Charmois, la gorge de Boudonville; ce sont des sites dignes d'être peints par leurs contrastes, leurs variétés, leurs belles eaux: Ces lieux forment les environs de la Meurthe, du côté de Metz. Sans sortir de cette ville, en se promenant dans la charmante promenade dite la pépinière, l'on découvre une grande partie de ces endroits, vers le nord.

Mais pour jouir il faut entrer un peu dans les plis que forment ces rideaux enchanteurs, pour en saisir tous les traits du côté du levant, où se trouve presque la route de Lunéville, l'on découvre Villers, Vendœuvre, la Malgrange, Jarville, la Neuveville, Montaigu. Sur l'autre rive, Essay Tomblaine, la Chartreuse, &c.

Dans cette partie, les traits du paysage sont moins saillans ; les ombres de la tenture moins multipliées ; les sources plus rares ; à l'entrée de St. Nicolas, le bassin de Nancy cesse, et l'illusion qu'il a laissé s'arrête.

Je ne décris pas ici l'extérieur des beaux bâtimens qui composent la place du peuple, celle de la carrière, de la place d'alliance, de la porte de celle de grève &c., ce sont des détails que je me réserve de donner dans un voyage particulier du département de la Meurthe.

La ville de Nancy a un assez beau commerce pour une place de l'intérieur. Quelques manufactures qui y prospèrent, et qui promettent devoir s'étendre par les heureux effets de la paix.

Voici l'état des principales maisons de commerce et des manufactures qu'il y a dans ce moment.

Fabricans de draperies, faisant en outre commissions et Banque.

Florentin Seilliere.
Poupillier père et fils.
Marin l'aîné.
Marin le jeune.
Marin cadet.
Bellot, fabricant.
Croisier fils, fabrique et commerce.
Maubon Gand, fabrique de Draps fins et Boneterie.
Veuve Febvrel et fils.

Négocians en articles d'étoffes de l'Inde, de coton, de laine, soyeries, &c., faisant en outre diverses spéculations de la place.

Pons Vidil père, fils et Entier.
Forel, Jossaud frères et compagnie.
F. Aerts,
Veuve Vautrin et fils.
Mourquin père.
Poupillier le jeune.
Henry, Parisot frères.
Hasselot-Colombier.
Veuve Gabriel et Mourquin fils.
Nicolas Sommellier.
Lévy. (Salomon Moïse)
Yves Bompard.
André Escallier.

Banque et manufactures de tabacs.

Berr Isaac Berr.
Huin, banque et commission.
Masson Dubois et compagnie, manufacture de tabac.
Jean Dubois et comp. *idem.*
Lami, Blaise et comp. *idem.*
Helme et comp. *idem.*
Marin le jeune, *idem*, et ayant des forges, dont il vend lui-même les fers.
Coriolis et compagnie, manufacture de tabac et de papier peint.
Wouters fils, manufacture de tabac et fait la commission.

Marmond frères, manufactures d'étoffes de coton, filature *idem*, teintures en solide, fabrique de fayence à l'imitation des terres Anglaises.
Jean Baille, *idem*, commission et banque.

Expéditeurs pour le Roulage.

Demangeot l'aîné,
Gervais-Voinier.

Effets publics et Banque.

Garçon Jacob Gaudchaux.
Élie.
Mayer Maxe.

Commerce des Fers, autres métaux, et grosses quincailleries.

Mayer l'aîné et comp.
Aubert l'aîné.
Aubert et Nicolas.
Fabert le jeune et fils.

Maisons pour l'épicerie.

Jeanroy, épiceries et drogueries.
Tardieu, épiceries drogueries et banque.
Raybois, *idem* et commission.
Escallier frères, *idem*.
Nic. Laruelle, épiceries, fabrique de liqueurs et banque.
Henrion Berthier, *idem*.
Ant. Ancel, épiceries et cotons filés.
Nic. Gérardin, *idem*.
Gloxin, *idem*.

Chauvez et comp. *idem.*
Fr. Drague, épiceries et drogues; vins étrangers.
Bastide, Provençal, *idem.*
Ant. Larose, *idem.*
Virlet, *idem*, et filature de Coton.
Veuve Marchal, Epicerie.
Jean-Sébastien Elie, *idem.*
Naudin fils, *idem.*
Thomassin, *idem.*
Arnould, *idem*, et fabrique de Liqueurs.
Dacraigne et Friant, Epicerie.
Souplet.
Puyproux.
Barthélemi. } Plus particulièrement la partie des
Fr. Munier. } eaux-de-vie et huiles.

Soyeries et modes.

Balbâtre.
Lafrance.

Mercerie et quincaillerie.

Bouvier Grier.
Veuve Carré.

LETTRE DIXIÈME.

Du 22 floréal.

LUNÉVILLE, (Département de la Meurthe.)

Je suis passé de Nancy à Rosières, et me suis
seulement détourné d'une demi-lieue de la grande
route

route pour voir l'un des haras de la République ;
ses bâtimens n'annoncent pas de la magnificence ; mais
il s'y trouve un superbe assortiment des plus belles
races de chevaux de grand prix ; leur nombre s'élève
dans ce moment, à près de 200 de divers âge, tant
mâles que femelles. Le directeur, qui est fort honnête,
possède diverses langues, il est très – instruit dans
sa partie. Il y a quelques années qu'il a eu plusieurs
missions des Princes d'Allemagne pour aller en Angleterre y faire le choix des plus rares chevaux.

Je me suis informé des frais que cet établissement
fait à la République. On m'a dit que son entretien
annuel était de 75,000 à 80,000 francs.

Jusqu'à présent, il me paraît que les habitans de
ces contrées ne sont pas bien curieux de se procurer
de ces chevaux de prix, je n'en vois pas dans leurs
attelages, quoiqu'ils ayent l'occasion la plus favorable
d'en élever beaucoup par une telle institution. Sans
doute, avec le tems ils y prendront goût, et en propa-
geront les races pour s'en faire un revenu considérable.
Je suis persuadé que si les habitans du Comté d'Yorck
avaient un pareil établissement, ils tireraient plus d'avantages en cinq ans, qu'ici en cinquante ; car il n'y a pas de
sacrifices que les Anglais ne fassent pour les beaux
chevaux.

Les terres sont dans ces environs très-légères, un
peu sabloneuses, propres par conséquent à la culture
des garances, même des tabacs, et il ne s'y en récolte
pas, mais il est certain qu'autrefois il y a eu beaucoup
de plantations de ce dernier, aux environs de Rosières
et de Lunéville. Les Fermiers-généraux ayant craint
l'introduction en contrebande dans les Provinces,

que l'on désignait celles des cinq grosses fermes, ils obtinrent en 1737, de Stanislas, Roi de Pologne, lors de son avènement aux Duchés de Lorraine et de Bar, la défense de cultiver cette plante : depuis on n'a plus pensé à en reprendre l'usage, quoiqu'on en aye la liberté depuis 1791.

Rosières, St. Nicolas, Dombasle, sont des communes entourrées de beaux vignobles, cultivés avec soins, qui rendent à ceux des propriétaires qui les surveillent, de 4500 à 5000 bouteilles de vin par arpent métrique, (cinq jours de Lorraine). Ceux du premier choix, se vendent quant ils ont deux années d'âge, de 24 à 26 centimes, (cinq sous environ la bouteille) sans vase. Les prairies d'une même surface se louent 80 fr, (15 à 17 francs la fauchée du pays), ou quatre pour cent d'intérêt. J'ai vu des champs, qui quoique d'une nature de terre un peu sablonneuse, serait très-bons pour les garances; ils ne s'y louent pas plus de 3 francs le journal; ce qui fait à peine 15 francs l'hectare. Ces terreins demandent des engrais et des fréquentes pluies.

Le château et la promenade adjacente de Lunéville, sont des endroits qui méritent d'être vus; il y a un reste de grandeur. C'est donc ici où a été signé ce fameux traité de paix, entre la France, l'Empereur et l'Empire germanique; il est à désirer qu'il soit durable. Quelle mémorable circonstance, s'il peut l'être pour deux peuples qui peuvent maintenir la tranquillité du reste de l'Europe!

L'industrie des habitans se borne à tenir quelques petites fabriques en lainage, gands de peau, une manufacture de fayence appartenant au citoyen Kéler,

des fabriques de bas de laine au métier , *idem* en coton
ordinaire, d'autres en toilles de siamoise. Il me paraît qu'il y a ici beaucoup de mandians , des juifs
dans une grande misère, causée par leur paresse naturelle. On n'en voit point qui veuillent s'occuper
dans les atteliers d'arts et métiers, ni à l'agriculture.

Négocians en toileries, draperies, &c.

Mathieu Croisier et Boyer.

Droguistes.

Rayel, Muet, Castara le-jeune , Petit et Curien
Maurice Durain, Saucerotte frères.

LETTRE ONZIÉME.

Le 23 Floréal.

HÉMING, (Département de la Meurthe.)

J'ai fait onze et demi lieues depuis Lunéville, en
huit heures. Arthur Young a passé ici le 23 juillet
de l'an 1787. Voici ce que cet observateur en dit :
„ De Lunéville, j'allai à Héming, à travers un pays
„ sans intérêts. „ Je dirai qu'il est très-difficile de
faire environ douze lieues sur la route qu'il a parcourue,
sans reconnaître beaucoup de variétés; excepté qu'il
n'ait voyagé la nuit. A Domèvre, à Blâmont, on
rencontre un sol bien différent qu'aux environs de
Lunéville; et malgré qu'il n'y ait pas les ruisseaux
où rivières assez multipliés, qu'il n'y ait pas de vignes,
celà n'empêche pas qu'il n'y ait de meilleures terres à
bleds.

Avant de quitter la ci - devant Lorraine, je dois
rapporter ce que le même Auteur Anglais dit rela-

C 2

tivement aux rentes ou produit des terres. Page 292
et 293 , tome second.

„ Les rentes, dans la plaine, sont de 30 à 50 francs
„ l'arpent ; ces biens rapportent de 3 à 3 1/2 pour
„ cent. A Nancy, l'arpent est de 19,360 pieds ; les
„ terres labourables se vendent 500 francs ; quelques
„ unes vont à 700 francs ; les plus mauvaises sont
„ de 250 francs ; les biens qui ne sont pas assujettis
„ aux droits féodaux, rendent cinq pour cent. A
„ Lunéville, j'ai mesuré l'arpent, il contient 15,620
„ pieds de France. Les terres de labour près des bons
„ villages, se vendent 300 francs, mais plus commu—
„ nément 124. A Héming, les terres labourables va—
„ lent de 100 à 200 francs le journal, et se louent
„ 10 francs. „

Il y a tout lieu de croire que cet étranger n'a pas
toujours eu les renseignemens qu'il désirait; et c'est
pourquoi, avec les meilleures dispositions, pour s'assurer
des ressources et des richesses de la France, il n'a
put réussir qu'à avoir des petites notions. Il a mal
compris, ou pour mieux dire, on ne lui a pas assez
bien détaillé les choses; en voici la preuve: à l'époque
où il est passé ici, l'usage presque dans toute la
Lorraine, était et est encore, de vendre les fermes
par paire de quartes, de bichet ou de resaux. On entend
par paire, deux mesures de grains, l'une en froment,
l'autre en avoine, qui se payent ensemble, à Nancy;
la paire est un sac de froment de 180 livres pesant,
un d'avoine 145. Les fonds de terres qui donnent
cette rente, sont entendus être trois journaux,
avec un tiers, ou quelquefois un demi — jour ou
fauchée de bons prés ; ce qui est une surface totale

de 67,772 pieds l'arpent basé , comme il le porté à 19,360 pieds, on lui a dit que la paire se vendait alors de 500 et jusqu'à 700 francs ; c'était effectivement le prix, mais il a compris ou confondu l'arpent ou journal avec ce que l'on entend ici la paire : et c'est ainsi qu'il a commis des erreurs sensibles dans maintes choses.

Dans le travail que j'ai fait et que je me propose de publier sur ce département en particulier, je releverai une infinité·d'autres erreurs ou omissions faites dans ses recherches sur ce pays ; si les forêts, les mines, la pêche, peuvent compter comme des rentes du sol, il est bien étonnant qu'il ne fasse pas mention des grandes salines, bois, ni de plusieurs grands étangs des environs de Dieuze, à quatre ou cinq lieues de cette commune : objets de quelques millions de revenu.

LETTRE DOUZIEME.

Le 25 Floréal.

SAVERNE, (Département du Bas-Rhin.)

Voici la première commune du département du Bas-Rhin. Au sommet de la montagne qui est au-dessus de cette ville, finit le territoire de la Meurthe, ou de l'ancienne Lorraine: La route pratiquée pour descendre à Saverne, est vraiment un chef-d'œuvre de l'art. Quelle ligne de démarcation sensible qui se trouve dans toute la nature! le physique et le moral des deux pays portent des caractères d'un contraste le plus frappant ; ce n'est plus la même langue, ce sont d'autres costumes ; une autre race d'hommes, qui ont ainsi que leur pays, une autre phisionomie, d'autres

mœurs; mais une culture des plus parfaites, par conséquent plus riches.

Je vois le majestueux fleuve du Rhin, se promener au milieu de la plaine d'Alsace; c'est lui qui
sert maintenant de barrière, entre la République française et les Etats Germaniques.

Je viens de me promener un moment dans le Parc
et l'espèce de petit Louvre que le dernier Evêque et
Prince d'Alsace , avait fait construire ici , pour y
passer une partie de la belle saison ; la grande carcasse
du Palais, qui ne fût point achevée, est là à nud. Le
Parc et les Jardins sont des propriétés sous-divisées ;
tout ce qui était luxe a disparu. Les belles eaux
de ce superbe canal , restent pour tout embellissement.

LETTRE TREIZIEME.

Le 28 Floréal.

S T R A S B O U R G, (Département du Bas–Rhin.)

Je me suis convaincu de ce qu'Arthur Young et tant
d'autres personnes ont dit de l'agriculture de la ci-devant
Basse-Alsace, en faisant les huit lieues de chemin
de Saverne ici, par Wiltenheim. Il y a bien du tems
que je désirais voir un pays où le système fut d'avoir
des terres d'un permanent rapport, et l'on peut dire
qu'elles ne sont jamais en enchères dans ces con--
trées. Malgré la longue et dévastatrice guerre qu'il y a
eu vers les bords du Rhin, que le traité signé à
Lunéville vient enfin de faire terminer, le sol n'en
est pas moins couvert de denrées de la plus grande
variété. Quel colosse de force, de richesses, serait la

France, si dans toute son étendue la culture des terres y était entendue comme dans ce département et dans la ci-devant Flandres? elle contiendrait dans une telle proportion, 50 millions d'hommes. Au premier signal, le reste du continent pourrait être envahi par les Français. Les autres puissances ne seraient que des divers Gouvernemens qui imploreraient sa protection ; et qui par faiblesse, par crainte, par sagesse, seraient obligés de rester en paix.

L'homme qui voudrait récapituler tous les objets que le Bas-Rhin a fourni aux armées depuis onze ans, tant en denrées, hommes, etc. (malgré les grands ravages qu'il y a eu en l'an II, lors de l'invasion des lignes de Weissembourg par l'ennemi), ne saurait douter de ce que pourrait une telle puissance. L'étranger croirait qu'après tant d'objets tirés d'ici, les cultivateurs y soient ruinés, qu'une partie du sol y est inculte; point du tout, ils sont même beaucoup plus aisés qu'avant la guerre, dans tous les villages intérieur, par la raison qu'ils sont devenus de fermiers, propriétaires. Les récoltes de quatre, quelquefois même celles de deux ans, leur ont suffit dans les temps du papier monnaie, pour acquérir les fonds. Des citadins, catholiques romains, à qui les prêtres n'ont pas pû persuader la damnation éternelle, s'ils osaient acheter des biens de l'église, ont fait et font encore un grand commerce de biens nationaux. Il y a eu tant de mutations qu'il n'est pas extraordinaire de trouver des corps de biens vendus cinq à six fois dans l'intervalle de dix ans.

Les fermiers catholiques, sur qui les prêtres ont dans ce département tant d'influence, restent dans une ligne de démarcation, facile à reconnaître par leurs faibles facultés. Il y en a eu qui ont poussé la délicatesse si loin, qu'il n'ont pas voulu cultiver les terres, dont ils étaient baillistes, dès le moment qu'ils ont appris qu'elles étaient passées des mains du clergé en d'autres; cependant la nécessité en a obligé un grand nombre à en suivre l'exploitation; mais c'est le petit d'entre eux qui ont osé en acheter. Parmi ceux-ci même, il y en a à qui leurs confesseurs ont ordonné de ne les pas conserver sous les peines de D...; c'est l'opinion religieuses des habitans maintenant qui donne une plus ou moins grande valeur aux terres d'Alsace. C'est aussi ce qui sert de gouverne aux grands spéculateurs de biens nationaux d'origine; leur première question est de vous demander s'ils sont situés dans des communes Luthériennes ou Catholiques? si les habitans sont mixtes? dans quelle proportion y a-t-il des unes et des autres? A qualités égales on compte que les prix des terres diffèrent dans plusieurs cantons, au moins des deux cinquièmes; ces exemples sont connus par mille contrats de ventes qui se sont faits de ces sortes de biens; voyez les entre les communes de Barr et celles d'Obernay, de Vasselonne et de Saverne, Weissembourg et Altenstadt, Lauterbourg et Candel, Birlenbach et Sourbourg, Molsheim et Dorlesheim, etc. Là où un domaine national d'un revenu de 3000 francs s'est vendu supposé 50,000 francs, dans une commune où il se trouve beaucoup de Luthériens, une autre de pareil revenu où il se trouve beaucoup de Catholiques à peine pourrait se vendre 30,000 francs; telle a été l'influence des opinions religieuses dans toute la partie de la République française où la langue allemande domine. Dans les départemens de l'intérieur où le peuple était de la même religion, on n'y a pas vu

une si grande différence dans les biens de cette nature
qui s'y sont vendus.

Pour faire connaître plus exactement le Bas-Rhin,
j'ai cru qu'il serait plus simple de diviser en dix
chapitres tout ce qui concerne mes recherches dans
cette contrée , afin de pouvoir résumer chacune
des matières, après l'avoir rigoureusement parcourue;
forcé de me répéter dans un travail de ce genre,
j'éviterai néanmoins de le faire aussi souvent, en
adoptant cette méthode. Quoique le département soit
maintenant divisé en arrondissemens ou sous-préfec-
tures, il m'a paru plus prudent de le donner tel qu'il
a été précédemment , c'est-à-dire par cantons, parce
que cette distinction est plus connue; qu'elle donne
plus de facilité aux reconnaissances locales, comme
sous-divisions ; attendu que les cantons y sont encore
dénommés pour compter les arrondissemens.

Dans presque toutes les parties administratives ou
de comptabilité, il y a eu un grand nombre de nouveaux
employés, de qui les écritures ne pouvait être rapportées ;
j'ai préféré prendre mes données certaines officielles
sur les états qui ont été rendus et vérifiés depuis la
1ere à la 7e. année de la République.

. D'après l'arrêté des Consuls du 17 ventôse an 8,
le département est divisé en quatre arrondissemens,
dont les chefs-lieux sont pour le 1er. Weissembourg.
2e. Saverne.
3e. Strasbourg.
4e. Barr.

Voici tout ce qu'Arthur-Young dit de ce pays,
relativement à son agriculture.

Tome premier, page 427 et suivantes.

,, Dans Saverne, je me trouve selon toute apparence
,, en Allemagne. Ici, sur cent personnes, il n'y en a
,, pas une qui parle français. Les chambres sont chauffées
,, par des poëles, &c. Une infinité d'autres choses
,, démontrent que l'on est chez un autre peuple qui
,, diffère en mœurs, en pensées, en préjugés et en
,, costumes. ,,

,, Le 20 je m'avançais vers Strasbourg, à travers
,, une des plus belles scènes d'agriculture, qu'il y ait
,, en France, qui ne peut être rivalisée que par la
,, Flandre, qui cependant la surpasse. J'arrive dans
,, un moment critique, &c. A l'auberge, j'appris la
,, nouvelle intéressante de la révolte de Paris, &c.
,, ce sera un grand spectacle pour le monde entier,
,, de voir dans ce siècle de lumières, les représentans
,, de 25 millions d'hommes, travailler à la constitution
,, d'une nouvelle fabrique de liberté, meilleure qu'au-
,, cune de celles que l'Europe ait encore offert. ,,

,, J'allai rendre visite à M^r. Hermann, professeur
,, d'histoire naturelle dans l'université, pour qui j'avais
,, des lettres ; il répondit à quelques-unes de mes
,, questions, et me présenta à M^r. Zimmer, pour
,, résoudre les autres. Ce dernier ayant pratiqué l'agri-
,, culture, entendait assez le sujet pour me donner
,, des informations très-utiles. ,,

,, On pense que la faim forcera le peuple à l'in-
,, surrection, il est très-important pour tous les pays
,, de tenir une police des grains, qui en assurant au
,, fermier un bon prix, encourage l'agriculture, de

„ manière à préserver en même temps les habitans
„ de la famine. „

PLAINE D'ALSACE.

Produit.— Rentes.— Prix des terres.

Tome second, page 261 et suivantes.

„ J'entrai dans cette riche plaine à Wiltenheim,
où l'am esure de terre est de cent verges à ving-deux
pieds ; le prix est de 1500 à 2000 francs, les bonnes
récoltes de 13 sacs de 190 pesant. On cultive ici
beaucoup de pavots, ainsi que dans la Flandre et
l'Artois; ils rapportent six sacs à 30 francs chacun.
Par l'apparence du pays, je croirais que le bled donne
trois quartiers et demi par acre, et l'orge cinq. Delà à
Strasbourg, est une des plus fertiles plaines imaginables,
couverte de moissons qui se succèdent rapidement
les unes aux autres. Les terres qui ne sont pas immédia-
tement contigues à la ville, destinées pour des jardins;
mais sans être plantées, valent 2,000 francs l'arpent
de 24,000 pieds; les terres labourables, en generale,
6 à 800 francs; elles donnent 4 sacs de 180 livres pesant,
ce qui n'est pas égal au sol. L'orge et les fèves donnent
6 sacs. On sème 60 livres pesant de bled et moitié
de cette quantité de fèves par mesure. Les biens,
ici comme dans tous les pays fertiles où les propriétés sont en grandes portions, ne rapportent pas
l'intérêt de l'argent, en général pas au-delà de deux et
demi ou trois pour cent. Dans les environs de Benfelden, le prix des terres qui monte à 1200, la
rente est de 24 francs. A Schelestadt, le prix ordinaire
des terres de labour est de 300 francs; il y en a qui

vont jusqu'à 1,000 francs. Le bled donne 5 sacs de 190 livres pesant; l'orge 6 ; les féves 6 à 8 ; le maïs de 5 à 6. Tout considéré, cette plaine d'Alsace, qui possède un sol fertile, et une agriculture excellente, ne produit pas tant que la Flandre.

Je dois observer que je n'ai pas parcouru la partie de la Province, où le chanvre est un des principaux objets de la culture ; j'y aurais probablement trouvé que les terres produisaient d'avantage, l'une dans l'autre. Les bonnes terres valent 1200 francs l'acre. „

On peut juger qu'Arthur Young, avec si peu de renseignemens, est loin de donner à son lecteur les idées parfaites de la richesse d'un pays. J'ai lieu de croire que le temps de 1787 à 1790, était alors trop critique pour un Anglais qui faisait de pareilles recherches en France. Il paraît en outre, que nombre de matières d'un intérêt qui mérite l'attention des naturalistes, des agronomes, tous céux qui s'appliquent aux branches d'économie politique, des curieux, des négocians, &c. lui en échappé dans son voyage en France. Il est vrai qu'il a mélangé un travail sérieux et profond, d'un grand nombre de ses réflexions, d'anecdotes des avantures qui lui sont arrivées, qui quoique étrangères à son but principal, peuvent amuser l'Anglais qui n'a jamais été en France.

Quant à moi, j'ai évité de parler autant que possible des objets qui n'ont rien de commun aux choses principales que j'ai annoncé ; c'est ce qui rendra mon voyage plus utile mais moins agréable.

VOYAGE

DANS

TOUT LE BAS-RHIN,

Résumé en dix Chapitres. Il y a quatre Arrondissemens.

L'ARRONDISSEMENT de Weissembourg, contient les cantons de Landau, Billigheim, Bergzabern, Dahn, Candel, Lauterbourg, Soultz-sous-Forêts, Niederbronn.

L'arrondissement de Saverne, contient les cantons de Harskirchen, Saar-Union, Wolfskirchen, Drulingen, Ingweiler, Bouxweiler, Hochfelden, Marmoutier, Diemeringen, la Petite-Pierre.

L'arrondissement de Strasbourg, contient les cantons de Haguenau, Fort-Vauban, Bischwiller, Ober-Haubergen, Geispoltzheim, Molsheim, Wasselonne, Truchtersheim, Brumath.

L'arrondissement de Barr, contient les cantons de Rosheim, Oberhenheim, Erstein, Benfelden, Marckolsheim, Scheléstat, Ville.

L'an 8, le citoyen Laumont a été le premier Préfet au Bas-Rhin. Dans les administrations qui l'ont précédé, il a dû trouver tous les renseignemens qui peuvent être nécessaires à un homme qui veut connaître à fond ce pays; vu que parmi ceux qui étaient au Directoire du département, plusieurs se sont occupés d'objets les plus utiles.

Après les y avoir puisés moi-même, je me suis mis en route pour voir tous les cantons, et en juger sur les lieux. C'est un voyage de 48 à 5o jours de belle saison.

En abregé, voici les diverses sensations que j'ai éprouvés, dans les quatre courses d'arrondissement que j'ai faites.

Sortie dans celui de Weissembourg.

Il y a des vallées qui sont faites pour déterminer l'ami de la nature de ces variétés, à y passer ses jours, loin du cahos et des grandes représentations ; bien grande gêne pour l'homme qui peut vivre heureux dans une retraite qui a des tableaux si contraste qui l'obligent à les admirer, où il peut trouver partout de quoi vivre, et contempler un pays, qui à chaque pas lui présente de nouveaux intérêts, depuis le Rhin au haut des Montagnes presque toutes cultivées ou boisées. Là sans faste comme sans prétentions, avec un revenu modique, quelqu'un qui parle les deux langues, peut y couler, en tems de paix, des jours fort agréables. Les plus heureux sites, sont les variétés des environs de Niderbronn et de Weissembourg. La monotonie, souvent l'aridité des plaines, des sables de Haguenau, font mieux sortir les parties des côteaux cultivés.

Sortie dans l'arrondissement de Saverne.

On trouve une culture plus suivie, moins de surfaces sablonneuses. Il faut pour bien voir ces contrées,

monter sur le rocher au-dessus de Saint-Jean-des-
Choux . (autrefois couvent) qui domine le Parc de Saverne, d'où l'on voit sur le sommet des montagnes, vers
le levant, plusieurs ruines des anciens châteaux forts ;
plus bas, sont celles du palais moderne que le dernier
évêque avait presque achevé à la veille de la révolution ; les statues, les bâtimens chinois, tant d'em-
bellissemens que la puissance et la richesse ecclésiastique
avaient ici placé, sont maintenant des nouvelles ruines ;
les monumens des grands de la terre disparaissent ainsi
par les siècles. Mais je vois une culture utile avancer
lautement, d'un pas timide et craintif, sur le sol, jadis
sacrifié aux plaisirs d'un seul homme (sur les promenades
du canal, les allées, les parcs).

Sortie dans l'arrondissement de Strasbourg.

La richesse semble suivre le cours des eaux ; celles
des rivières de Wasselonne, de la Bruche, qui se
joignent pour fournir au canal de la magnifique et
fertile gorge de Wolexheim ; celle de L'ill, se jette
dans la ville de Strasbourg. La plus forte partie de l'argent
et des denrées qu'il y a en circulation dans le département, suivent la même route. Le plat pays des environs
laissent presque paraliser mon imagination ; il n'y
a rien que d'uniforme. Cette garnison, ces musiques
guerrières m'assurent que le Gouvernement a l'œil
attentif à conserver son territoire.

Sortie dans l'arrondissement de Barr.

Vers le penchant des Vosges, en face du Rhin,
la ville de ce nom est située sur une côte ; au-dessus
il y a une étroite vallée, une chaîne d'usines l'une
à la suite de l'autre, autour desquelles tout y est

défriché jusqu'aux têtes des rochers escarpés ; des plantations multipliées d'arbres à fruits y font trouver en été le séjour délicieux ; il n'y a pas une toise de surface qui ne soit de quelque rapport. Ce murmure de l'eau, ces bruits de mécaniques à divers tons, tout y est d'agréables surprises ; façonnée par l'homme, la nature semble à chaque pas l'interroger, on dirait qu'ils se font des éloges mutuels.

Avant l'an 1400 (v. s.), ces colines, ces riches côteaux en vignes étaient des forêts. Par son ascendant, l'église romaine avait obtenu des seigneurs Alsaciens, dans le 15e. siècle , que les Luthériens seraient rélégués dans certaines communes limitées. Une colonie d'hommes de cette secte, se plaça à Barr , elle y multiplia ; et ne pouvant pas habiter les terres de la plaine dans les communes catholiques, elle a nécessairement défriché ce sol jusqu'aux parties les plus agrestes, les plus pénibles ; fertilisé enfin les roches. Tel a été l'effet ici de l'espèce d'exil de cette classe d'hommes, à qui on reconnaît aujourd'hui une industrie, une intelligence bien superieure à ceux de la plaine du même arrondissement ; tant il est vrai qu'une injustice révoltante pour la liberté de l'homme, peut, dans certaines circonstances, lui devenir utile. Pareilles causes ont produit les mêmes effets dans une partie des montagnes du Béarn, dans celles des Cévennes, du comté de Neufchâtel, en Ecosse. Les marées, les tourbières, les sables de la Hollande, n'auraient sans doute jamais été rendus habitables et mis en culture par les Calvinistes , si la cour de Rome (ou les souverains qui lui obéissaient) ne les avaient proscrits de leur pays.

GÉOGRAPHIE

ET ABRÉGÉ HISTORIQUE
DU BAS-RHIN.

Ce département prend son nom du fleuve qui, de ce côté, sert de limite à la France. Il a pour bornes au N. le ci-devant duché des Deux-Ponts, à l'E. le Rhin, au S. les départemens du Haut-Rhin et des Vosges, à l'O. ceux de la Meurthe et de la Moselle.

Strasbourg, chef-lieu du département, est à 57 myriamètres ou 120 lieues E. P. S. de Paris. Longit. 25. 26. Latit. 48. 34. Le pays portait le nom de Basse-Alsace avant la révolution.

Il a été précédemment province immédiate de l'Empire germanique.

Le traité de paix de Munster l'adjugea en 1648 à Louis XIV, qui se contenta de posséder les campagnes, de faire construire des places fortes où il mit garnison; laissa à la ville de Strasbourg et à quelques autres, connues alors sous le nom de *villes libres impériales*, d'anciens priviléges qui leur furent insensiblement enlevés. Enfin, en 1681, la ville de Strasbourg se soumit volontairement à ce Prince, à condition qu'elle conserverait divers priviléges de magistrature, la liberté du culte luthérien, &c. Les choses sont restées à-peu-près sur le même pied jusqu'au moment de la révolution, qui a mis fin à toutes les espèces de priviléges par des lois uniformes.

D

CONSIDÉRATIONS.

Après avoir fait connaître l'étendue et la position géographique du département, pour présenter des résultats faciles à être vérifiés par les personnes qui feraient ce voyage après moi, et éviter tant de répétitions indispensables dans un tel ouvrage. Quant j'ai eu fait ma quatrième sortie, ou tournée générale, afin de partager le système d'Arthur Young, pour ce genre de travail que je suis loin de désaprouver. Voyez ce qu'il dit, pag. 17 à 21, dans son introduction : „ Il y a deux manières d'écrire les voyages ; savoir : en faisant un registre du voyage même, ou en en donnant les résultats : examiner le pour et le contre de ces deux méthodes. La forme de journal ou lettres a l'avantage d'inspirer un plus grand degré de confiance, parce qu'un voyageur qui écrit ses observations de cette manière, est dévoilé dès l'instant où il parle des choses qu'il n'a pas vues. Il se trouve d'un autre côté des grands inconvéniens ; le principal, c'est la prolixité ; cette méthode d'écrire la rend presque inévitable, elle occasionne nécessairement des répétitions des mêmes sujets et des mêmes idées ; et ce n'est sûrement pas un petit défaut, &c. Ce que l'on peut dire en faveur de la seconde, c'est que les sujets ainsi traités, sont dans un état aussi parfait de clarté et de combinaison, que peut les placer l'habileté de l'auteur. Une autre chose admirable dont elle est susceptible, c'est la briéveté. Après avoir tout pesé, je pense conserver les avantages des deux méthodes. „

Suivant à peu près les mêmes routes, faisant les mêmes recherches, ici on trouvera la majeure partie des articles qui lui ont échappé ; c'est ce qu'il est facile de voir en comparant ce qu'il dit de l'agriculture de

la Basse-Alsace, (voyez ce qu'il a été transcrit pages 32,
38, 39 et 40.)

Non — seulement de Paris à Strasbourg, mais dans
les trois quarts de la France, on peut dire avec
raison que les habitans ne tirent pas au-delà des
trois cinquièmes, même pas plus de la moitié de
ce qu'ils pourraient obtenir de leur sol (celui qui
est en vigne excepté); parce qu'ils ne veulent pas
sortir des vieilles méthodes locales. Mais ce serait
à tort que de faire ce reproche aux cultivateurs du
Bas — Rhin, car l'on peut dire qu'ils font rendre
beaucoup, même aux très — médiocres qualités de
terres, et il serait peut — être difficile à des savans
agronomes d'indiquer une culture plus parfaite réla-
tivement à la nature du sol et à sa situation.

A la veille de mon départ pour ce voyage, il me
fut remis à Paris, un petit ouvrage, propre me dit-
on, à convertir les anciennes en nouvelles mesures
agraires, et dans lequel il y a beaucoup d'erreurs de
calcul. Le comparant avec celui que le cit. Sébastien-
André Tarbé, vient de publier sur le systême décimal,
je reconnais que le premier m'en a fait commettre sept.

Dans la crainte qu'un petit errata ne tombe pas
sous les yeux du lecteur, je vais les faire relever ici.

1°. Dans la première lettre datée de Meaux, à la
page 2, ligne 6, &c. de 3 arpens de 10,000 mètres
l'un; au lieu de cela, un hectare ou l'arpent métrique,
(qui approche de deux de 48,400 pieds l'un.)

2°. A la lettre datée d'Epernay, à la page 4, ligne
3, (environs 325 mètres quarrés), dites, à peu-près
un are quarré.

3°. Dans la même lettre, même page, à la ligne 26, ainsi un arpent de la nouvelle mesure métrique, estimé produire environ 1500 bouteilles. Lisez 31 ares, ou les trois cinquièmes de l'arpent de 48,400 pieds de Paris, estimés produire 1500 bouteilles, ou 50 par chaque surface d'are, 5100 par hectare ou nouvel arpent, parce qu'après avoir fait le relevé dans diverses communes de la ci-devant Champagne, il était reconnu un terme moyen de 2,560 bouteilles de vin potable tiré au clair, par chaque arpent, année commune.

4°. A la lettre datée de Void, page 19, ligne 14, d'un arpent de 10,000 mètres. Lisez, sur une surface de 31 ares ou trois cinquièmes de l'ancien arpent de Paris.

5°. A la lettre de Nancy, page 21, ligne 13, ainsi sur une surface de 10,000 mètres. Lisez de 31 ares ou un arpent sept douzième de Lorraine.

6°. Chapitre X, page 86, ligne 23, de 6000 mètres quarrés. Lisez 20 ares.

7°. Chapitre III, à la fin, page 64, ligne 7, il y a 6000 par (1) renvoi et à la fin. Cette mesure pourrait être regardée comme l'arpent moyen des terres du département. Lisez, il y a des arpens de 9000 jusqu'à 5500 pieds de France, la mesure la plus générale est 20 ares, ou les deux cinquièmes à peu de chose près de l'arpent ancien de Paris.

8°. Chapitre VII, page 76 ligne 29, il y a aussi pour les quatre tribunaux criminels. Lisez, il y a pour les criminels du département, quatre maisons de réclusions. (Il n'y a qu'un tribunal criminel.)

DÉPARTEMENT

DU BAS-RHIN.

CHAPITRE PREMIER.

De la population, des mœurs, du caractère, de l'éducation, des religions, des préjugés, de la langue, de l'état civil des habitants avant la fondation de la République.

L'an I.er de la République, il y avoit dans le département une population de 418,132 ames, sur une étendue de 268 lieues carrées; ce qui la portoit à environ 1,560 pour chacune.

Les diverses sectes ou religions y ont des mœurs qui diffèrent entr'elles.

Les habitants sont, en majeure partie, d'assez bonne foi. Les filles et les femmes des campagnes sont élevées comme les hommes aux plus rudes travaux de la terre; elles vont communément les jours de fêtes ou de dimanches partager avec eux, leurs jouissances, au cabaret sans qu'on trouve dans le pays cet usage ridicule. A Strasbourg et dans quelques autres villes: il y a des personnes du meilleur ton.

Le caractère des naturels du Bas-Rhin est très-calme, difficile à émouvoir, ce qui est cause qu'ils font tout uniformément; le cultivateur ne laboure pas avec plus de vivacité le matin que le soir; il suit presque toujours le même train dans tout ce qu'ils fait. On a remarqué que, dans les bons cantons vignobles, les hommes sont plus intelligents, plus vifs et plus ingénieux que dans les autres.

Ici, comme par-tout ailleurs, l'aisance contribue beaucoup à former les hommes, à perfectionner leur moral par l'éducation.

Les Luthériens sont généralement plus aisés et plusinstruits que les autres habitants du département, on croit que cela vient de ce que l'observation de leur religion leur coûte moins, qu'ils ont eu le soin de peu enrichir leurs églises ; et ont moins de fêtes à observer: que, la crainte d'être un jour asservis par les Catholiques Romains, les a rendus plus exacts, plus laborieux, plus prévoyants. D'ailleurs, ayant moins de choses incompréhensibles, moins de mystères en matières religieuses, il entre plus de morale que de théologie dans l'éducation ; ce qui rend leurs idées plus nettes, leur conception plus facile, leur jugement plus sain, plus propre à saisir les rapports des choses.

Ce pays tient beaucoup à la langue, aux mœurs, préjugés, superstitions et usages allemands. Par les costumes divers et antiques, on peut distinguer les habitants de tel ou tel village; ils les ont presque tous conservés depuis plus de 600 ans, quoiqu'il y ait plus d'un siècle qu'ils sont soumis à la France.

Le peuple ne sait que la langue germanique; mais dans les villes du premier et du second rang, les autorités constituées, les négociants, les aubergistes, les maîtres de poste, même une partie des artisans y parlent passablement français : ils ont fait à cet égard, quelques efforts, dont les effets commencent à être sensibles, sur-tout depuis la révolution; cependant on y publie encore maintenant les lois dans les deux langues.

La différence de religion, de préjugés, de langage, d'éducation avait été cause que, jusqu'à cette époque, les Alsaciens étoient peu en liaison avec le reste de la France ; car ils étoient réputés du pays conquis hors des barrières.

La ferme générale étoit un grand obstacle pour les relations commerciales ; elles se bornoient à la ci-devant Lorraine, qui étoit dans le même cas, et où l'on parle français. Le voisinage de ces deux peuples les a obligés, depuis long temps, pour se comprendre, de savoir l'allemand et le français, du moins ceux qui avoient affaire ensemble, tels que les négociants, etc.

Il y a cinq différentes sectes ou religions connues dans le département.

1.º Catholiques-Romains ; 2.º Luthériens ; 3.º Calvinistes ; 4.º Juifs ; 5.º Anabaptistes.

De la 1.ere . . . . 250,108 ames.
De la 2.e . . . . 145,023.
De la 3.e . . . . 5,000.
De la 4.e . . . . 17,600.
De la 5.e . . . . 401.

TOTAL. . . . . 418,132 individus.

Les Catholiques et les Luthériens avant 1788, avoient seuls une existence civile. A cette époque, les Calvinistes obtinrent la permission de bâtir un temple pour exercer librement leur culte à Strasbourg; jusqu'alors ils avoient été tolérés, mais ils n'entroient pas dans des charges de grande magistrature; elles étoient exclusivement réservées aux Luthériens et aux Catholiques.

Les Juifs avoient des habitations dans certaines communes limitées, mais ils étoient exclus des autres; ils ne possédoient aucun emploi, aucun art, pas même celui de cultiver la terre.

Les Anabaptistes se sont toujours contentés de de vivre isolés dans les fermes, sans se mêler des affaires de la société; ils sont tous cultivateurs. (1).

L'éducation est extrêmement négligée dans les campagnes; les sept huitièmes des femmes ne savent pas lire; les hommes rarement, sur-tout parmi les Catholiques et les Juifs; les autres sectes sont un peu plus instruites.

Il se trouve quelques Juifs qui écrivent un peu de mauvais allemand en caractères hébreux; mais il est rare qu'ils sachent lire et écrire le bon allemand, encore moins le français; les plus riches le parlent. La majeure partie de cette nation vivent dans la paresse, dans l'ignorance, dans une malpropreté dégoûtante, presque tous héritent de leurs parents d'une espèce de lèpre ou de gale qui les fait rebuter de la société.

Ils n'ont rien rabattu de leurs anciens usages supers-titieux, ni de leurs préjugés : il sera très-difficile de les y faire renoncer; car la révolution ne leur a pas

---

(1). On les distingue à leur longue barbe, et par un costume qui leur est particulier.

fait faire un pas vers la philosophie, tandis que toutes les autres sectes commencent insensiblement à la goûter.

CHAPITRE II.

DE l'agriculture, de l'industrie, des arts, du commerce, des rivières navigables et des canaux, des routes, de la nature du sol du département.

POUR connoître la richesse d'un département, il faut voir l'agriculture et l'industrie, canton par canton. Depuis l'an 1742 jusqu'à l'an 1.er de la République, on compte que les progrès de l'agriculture dans le Bas-Rhin ont doublé son revenu.

L'expérience a prouvé aux cultivateurs du plus grand nombre des cantons, qu'il n'est point nécessaire de laisser reposer les terres, de deux années l'une, pour obtenir des récoltes encourageantes.

Au contraire, on a reconnu qu'il fallait abandonner un pareil système, et les engraisser toutes les fois qu'elles en ont besoin, pour qu'elles puissent être en rapport permanent : on a réussi à faire deux récoltes par an dans plusieurs contrées ; après avoir coupé les orges, on recueille, la même année, en automne, sur le même sol, des navets, etc.

Les prairies artificielles s'y sont propagées, les trèfles s'y coupent trois et quatre fois l'année. On doit l'introduction de ces prairies à sept ou huit parti culiers qui les premiers en ont fait les frais; mais les plus grands progrès de l'agriculture sont principalement dûs au général *Defalkenheim*, alors seigneur de Kolpsheim, et à la famille *Hoffmann*, originaire de Haguenau, agronomes très-distingués.

Sous le règne de Louis XV et au commencement de celui de Louis XVI, on avait établi à côté du château de Dachstein, dans un vaste terrein enclos de murs, des pépinières de toute espèce d'arbres fruitiers, originaires des Provinces Méridionales, de la Touraine, du pays Messin, etc. objet qui n'étoit point auparavant en grande culture dans ce pays.

Pour encourager les fermiers, ainsi que les propriétaires de terres, aux plantations, on les leur vendoit deux tiers au-dessous de la valeur ordinaire, et on leur donnait les instructions nécessaires pour les faire réussir. On fit venir des jardiniers français, dont plusieurs ont depuis établi des pépinières considérables aux environs de Strasbourg, de Haguenau, etc.

Dans l'intervalle de 60 ans, on a vu de grands progrès en tout genre de culture, en denrées diverses, plus lucratives que celles des blés; ce qui a répandu beaucoup d'aisance chez les habitants de ce département.

Pour donner une juste idée de son agriculture et de son industrie, nous allons décrire, par ordre alphabétique, les cantons qui le composent.

N.º 1.ᵉʳ CANTON DE BARR,

Composé de 16 Communes, qui sont :

Andlau , Barr , Bernhardsweiler , Burgheim , Eichhoffen, Epfig, Gertweiler, Goxweiler, Heiligenstein, Ittersweiler, Mittelbergheim , Reichsfelden, Saint-Pierre, Stotzenheim, Valff et Zellweiler, dont la population étoit, l'an 1.ᵉʳ de la République, de 14,580 ames. D'après l'état de l'an VI de la République, il y auroit dans le canton une augmentation de population de 186 individus.

Le chef-lieu est à 2 et 1/3 myriam. ou 6 lieues de poste de Strasbourg, au pied des Vosges, environné de beaux vignobles; vers la plaine, sont des prairies arrosées en grande partie par la rivière qui y passe, qu'on divise en plusieurs endroits. Dans le reste du canton, on cultive le froment, un peu de tabac, la navette, les prairies artificielles, les pommes de terre, toute espèce de légumes , beaucoup d'osier , des fruits de dessert et à cidre, des orges et des chanvres ; mais on ne peut considérer que les vins en partie disponibles pour être consommés hors du canton ; ce qui fait branche de commerce.

Il y a à Barr beaucoup d'industrie, sur-tout chez les Luthériens; c'est une des secondes villes du département pour le commerce; les marchés y sont assez considérables.

Il y a 7 à 8 moulins, tant à farine, à tan, que pour les huiles de graines; des tanneries, chamoiseries, des fabriques de colle forte, de petites fabriques de gants en laine, au crochet, à maille fixe; des brasseries , des teintures en laine; entr'autres , une pour le coton rouge , solide façon de Turquie , (établie depuis l'an III de la République), qui jouit de quelque réputation.

Le commerce des draps ordinaires et demi - fins , les laines, les épiceries et les fers composent les autres branches de son commerce , évalué de 14 à 1,600,000 f. l'année ; il y avoit une forge exploitée pour les fers martinets dans la vallée, à 1/2 lieue au-dessus de Barr; elle paroît être abandonnée depuis l'an V.

Les habitants de Barr sont très laborieux ; le peu de terres à blé de leur canton rendent, année commune, sept pour un.

Il y a des forêts qui font partie du 3.e arrondissement de l'administration forestière du Bas-Rhin ; cet arrondissement comprend non-seulement les forêts qui se trouvent en partie dans le canton de Barr, mais aussi celles d'Obernay, Sélestadt et Rosheim.

La route de Strasbourg au chef-lieu du canton est bonne ; on peut aller avec des chars dans les communes qui le composent, quoiqu'elle le soit moins.

La majeure partie du sol est en côteaux, plus propres à la culture de la vigne qu'à autre chose.

2.e CANTON DE BENFELDEN,

Composé de 15 communes qui avoient ensemble une population de 8,652 ames l'an I.er. Il paroît par l'état donné en l'an VI qu'elle est augmentée de 348. Les communes sont:

Benfelden , Bofftzenheim , Ebersmünster , Friesen-

heim, Herbsheim, Hüttenheim, Kerzfelden, Kogen-
heim, Rhinau, Matzenheim, Rozfelden, Sand,
Sermersheim, Westhaussen et Witternheim ; le chef-
lieu est à 2 et 3/4 myriam. ou 6 lieues de Strasbourg,
sur la route du Haut-Rhin.

On y cultive des chanvres, froments, navettes, choux
de conserve, des tabacs assez estimés, fèves de
marais, orges, prairies artificielles, pommes de
terre ; les bons fonds y rendent huit pour un en
froment ; on y élève très-peu de moutons, peu de
Bœuf ou Vaches, assez de Chevaux.

Il y a deux manufactures de tabac qui occupent,
ensemble 28 à 30 ouvriers. On y fabrique quelques
pièces de toile commune ; le surplus des chanvres
sort du canton pour le commerce.

La République y a des forêts de chênes qui dépendent
du 2.e arrondissement de l'administration forestière.

La route de Strasbourg est bonne, ainsi que pour
le Haut - Rhin ; elle est dans la plaine près du
fleuve.

La rivière de Lill traverse le territoire; elle est
navigable jusqu'à Strasbourg.

3.e CANTON DE BERGZABERN,

Situé aux pieds des montagnes, composé de 12 communes (qui forment un démembrement du ci-devant
district de Weissembourg): qui sont : Barbelzoth, Bergzabern, Capellen, Dierbach, Hergersweiler, Klingen-
münster, Niderhorbach, Oberhausen, Oberhoffen,
Pleisweiler et Winden, dont la population étoit de 6,528
ames, selon l'état de l'an VI de la République. Le chef-
lieu est à 6 myriam. ou 14 lieues de Strasbourg.

On cultive la vigne sur les côteaux , dans presque la majeure partie du canton ; le reste consiste en terres labourables ; elles ne sont que d'un foible rapport; on y récolte de l'épeautre, de l'avoine, très-peu de froment, des pommes de terre , quelques autres légumes , de la prairie artificielle et naturelle.

Il y a des routes passables pour se rendre à Weissembourg ; les autres sont mauvaises ; la nature du sol est ingrate ; on y exploite des mines de fer pour la forge de Schænau , de laquelle il sort environ 4,000 quintaux de fer par an.

4.ᵉ CANTON DE BILLIGHEIM.

Chef-lieu de canton, à 6 1/2 myriam. ou 16 lieues de Strasbourg; composé de onze communes, qui sont: Appenhoffen , Billigheim , Clingen , Erlenbach , Heuchelheim , Ilbesheim , Mærtzheim , Mühlhoffen, Rohrbach , Steinweiler et Volmersheim , dont la population , l'an VI, s'élevoit à 7,126 ames ; la culture et la nature du sol sont à-peu-près les mêmes que celles du canton précédent ; l'état des routes diffère peu ; il n'y a pas d'autre industrie.

5.ᵉ CANTON DE BISCHWEILER.

Riverain du Rhin, composé de dix-sept communes, qui sont : Bittlenheim , Bischweiler , Drusenheim , Gambsheim, Griess, Hanhoffen , Herrlisheim, Hœrdt, Killstædt , Kurzenhausen , Oberhoffen , Offendorf, Rohrweiler, Schierrieth, Wanzenau , Weitbruch et Weyersheim , dont la population montant, l'an I.ᵉʳ de la République, à 16,824 ames , se trouve réduite , selon l'état de l'an VI, à 14,648. On pourroit attribuer cette diminution à l'invasion des lignes de

Weissembourg. Lorsque les troupes ennemies s'avancèrent en l'an II dans ce canton, quantité d'habitans les suivirent dans leur retraite; d'autres se déplacèrent à cette époque pour venir résider à Strasbourg et ailleurs.

Il y a, du chef-lieu du canton à cette dernière ville, une distance de 2 myriam. ou 5 lieues.

C'est un canton où les terres labourables sont propres à la culture de toutes les denrées les plus précieuses au département, comme chanvre, garance, navette, tabac, prairie artificielle, divers légumes, froment et pavot.

En certains endroits la terre rend 10 à 11 pour un; les cultivateurs prétendent qu'il leur est beaucoup plus avantageux de cultiver les garances, tabacs, chanvres, etc., que le froment, quand même ils trouveroient à le vendre 18 f. le sac ou 10 f. le o/o.

On y élève peu de moutons; le labourage s'y fait par des chevaux et facilement: les habitants y sont très-laborieux.

Lorsque la rigueur du temps ne leur permet point de travailler dehors, ils ont, en grande partie, la ressource de convertir chez eux de leurs chanvres en toiles, larges de 2/3 d'aune de Paris, ou 5/6 de mètre environ; elles se vendent sur les lieux en écru, de 25 à 40 sous l'aune, ou 95 à 1 franc 70 cent. le mètre, selon les qualités plus ou moins fines; mais ils n'en fabriquent pas au-dessous de ce prix.

Les chaînes qu'ils emploient sont composées de 1,400 à 2,500 fils. On estime la fabrication annuelle du canton de 15 à 18 mille pièces de toile de diverses qualités. La Wanzenau est le lieu où l'on fait la majeure partie des achats de cette marchandise.

Au chef-lieu du canton il y a plusieurs petites fabriques de gants en laine, à maille fixe, faits au crochet : on estime que les maisons qui font fabriquer cet article, emploient environ 80 personnes ; on évalue de 20 à 25,000 f. par année le total de la vente de ce genre de fabrique.

Il y a quelques fabriques de gros drap pour les troupes ou pour la consommation des campagnes ; on porte le montant annuel de ce qu'il peut s'y fabriquer ou 48 à 50,000 f. ; il y a cinq fabriques de tabac, dont deux sont assez importantes. Les racines de garance qui se recueillent dans le canton sont en partie fabriquées par les citoyens *Bertrand*, qui ont leurs atteliers à Bichweiler. On y voit quelques autres fabriques de peu d'importance. L'ensemble de ce qu'il sort, tant des fabriques de garance que de tabac, dans tout le canton, peut être estimé, année commune, de 400,000 à 500,000 f. On y fait en outre un commerce de chanvre.

La route du chef-lieu à Strasbourg est assez bonne ; celles qui communiquent d'un village à l'autre sont très-mauvaises, pour peu qu'il ait plu.

La nature du sol est en majeure partie fertile ; l'agriculture y a été poussée au plus haut degré. La grande diversité de denrées assure presque toujours un honnête revenu aux habitants de cette contrée.

Les forêts du canton dépendent du 14.e arrondissement ; nous en parlerons plus loin.

6.e

6⁰. CANTON DE BOUXVEILER.

A peu de distance du pied des montagnes, composé de 20 communes, dont la population, l'an Ier. de la République, étoit de 10,786 ames; l'état de VI les réduit à 10,513. Cette diminution peut être attribuée aux mêmes causes que celle du canton précédent en l'an II.

Les communes qui le composent, sont : Bosselshausen, Bouxweiler, Buesweiler, Dossenheim, Eschbourg, Krauffthal, Ettendorf, Geisweiler, Grafendorf, Griesbach, Imbsheim, Isenhausen, Kirrweiler, Lixhausen, Neuweiler, Rietheim, Ringeldorff, Ringendorf, Schalkendorf, Schoenbourg et Zæbersdorf. La culture et les productions du canton sont les mêmes que dans le précédent, avec cette différence qu'on cultive la vigne dans quelques endroits. On ne peut citer qu'une fabrique naissante, établie en l'an V, qui a 7 à 8 métiers en activité, pour la fabrication des siamoises de fil et de coton à l'instar de celles de Rouen.

Le chef-lieu est à 3 myriam. 1/3 ou 8 lieues de Strasbourg; les routes y sont praticables avec des chars; le sol est un peu sablonneux en plusieurs endroits; les terres bien soignées y rendent 8 pour un.

C'étoit avant la révolution un fief de la maison de Darmstadt.

7⁰. CANTON DE BRUMAT.

Situé dans la plaine, composé de 18 communes, qui sont : Bernsheim, Berstett, Bielsheim, Brumat, Donnenheim, Eckwersheim, Gendertheim, Kraut,

weiler, Kriegsheim, Lampertheim, Mittelschafftols-
heim, Mommenheim, Mundolsheim , Olvisheim ,
Reichstett, Rottelsheim, Vendenheim, Wahlenheim ;
dont la population étoit de 9,575, l'an Ier. de la
République, et de 9,700, d'après l'état de l'an VI. Le
chef-lieu est à 1 1/2 myriam. ou 4 lieues de poste de
Strasbourg.

Les productions du sol sont les mêmes que celles
du 5e. canton.

La grande route de Strasbourg à Landau qui y
passe, le favorise sous plusieurs rapports; les terres
légères peu dispendieuses pour le labourage.

Les routes sout à-peu-près dans le même état que
dans le canton précédent.

Il y a des affinages pour les chanvres qu'on y
recolte; deux ou trois petites fabriques de cordage.

8e. CANTON DE CANDEL.

Composé de 11 communes, qui sont: Candel,
Freckenfeld, Hatzenbühl, Jockgrim, Minfeld, Monch-
weiler, Pfortz, Rheinzabern, Schaid, Volmersweiler
et Woerth; dont la population qui étoit l'an Ier. de la
République, de 9,907 ames, est réduite à 9,042, selon
l'état de l'an VI. Le chef-lieu est à 6 myriam. ou
15 lieues de Strasbourg.

On y cultive les denrées des cantons de Bischweiler
et de Brumat, en outre du lin; il s'y trouve quelques
moutons d'une race qui paroît plus robuste que
celle du voisinage.

Une partie de son territoire consiste en forêts; les
terres en partie sont légères; les routes de commu-

nication des villages du canton, ne sont pas dans le meilleur état; cependant on peut les fréqnenter avec des chars.

La culture des terres fait à-peu-près la seule industrie des habitants.

9ᵉ. CANTON DE DAHN.

Situé dans les gorges, vers le pàys des Deux-Ponts; en partie montagneux, composé de 15 communes, qui sont : Bobenthal , Bærenbach , Bruchweiler , Bundenthal, Firnsternheim, Busenberg, Dahn, Erff-weiler, Eilenbach, Fischbach, Hauenstein, Hinder-weidenthàl , Lauterschwann , Nieder - Steinbach , Schindhart, Schlettenbach, dont la population qui s'éle-voit, l'an Iᵉʳ. de la République, à 4,922 ames, s'est d'après l'état de l'an V.I, réduite à 4,412: la distance de Dahn à Strasbourg, est de 7 1/4 myriam. ou 18 lieues.

Le sol est froid et d'un foible rapport; il ne produit que des avoines , des seigles, des pommes de terre, passablement de fourrage, des prairies naturelles et artificielles, des fruits à cidre. On y élève des vaches, des chevaux de petite espèce, un assez grand nombre de porcs et très-peu de moutons; cette contrée à peu de ressources.

10ᵉ. CANTON DE DIEMERINGEN.

Créé depuis la suppression des districts, situé en delà de la chaîne des montagnes, adjacent au dépar-tement de la Moselle, composé de 11 communes, qui sont: Diemeringen, Bütten, Dhelingen, Domfessel, Hambach, Lorentzen, Ratzweiler, Rimstorf, Vœller-dingen, Volcksberg, Weislingen, dont la population, selon l'état de l'an VI, étoit de 4,700 ames.

Le chef-lieu est 6 myriam. ou à 15 lieues de Strasbourg. Les habitants se bornent à la culture des terres, qui sont passablement fertiles; on cultive les mêmes denrées que dans le canton de Candel.

Les routes sont à-peu-près dans le même état; mais les terres moins légères, plus pénibles à labourer, plus ingrates, parce que le climat est plus froid.

11e. CANTON DE DRULINGEN.

Situé au-delà de la chaîne des montagnes, composé de 15 communes, qui sont: Drulingen, Adamsweiler, Assweiler, Berg, Bettweiler, Büst, Durstel, Eyweiler, Gungweiler, Mackweiler, Ottweiler, Rexingen, Sie_weiler, Thal, Weyer; le chef-lieu est 5 1/2 myriam. ou à 13 lieues de Strasbourg. La culture, le climat, les productions, la nature des terres, les routes sont à peu de chose près les mêmes que dans le canton précédent.

12e. CANTON D'ERSTEIN.

Riverain du Rhin.

Composé de 12 communes, qui sont: Bolseinheim, Erstein, Kraft, Gerstheim, Hindisheim, Hispheim, Limmersheim, Nordhaussen, Obenheim, Osthausen, Schæfersheim, Taubensand, Uttenheim, dont la population qui montoit, l'an Ier. de la République, à 7,500 ames, est de 9,118, d'après l'état de l'an VI. Le sol est fertile: on y cultive le froment, le chanvre, l'orge, les fèves de marais, le tabac, les prairies artificielles; on y élève un petit nombre de moutons, parce que la multiplication y réussit peu.

On pourroit tirer un meilleur parti des prairies

naturelles; les pâturages en sont maigres, mais susceptibles d'être convertis en prairies artificielles.

Le chef-lieu est à 2 myriam. 5 lieues de Strasbourg, même distance de Sélestadt. La rivière de Lill y est navigable; la grande route pour les chefs-lieux des départements du Haut-et-Bas-Rhin qui le traverse est bonne; quant à celles du canton d'une commune à l'autre, elles sont situées dans la plaine et praticables avec des chars; mais en temps de pluies, elles sont très-boueuses, parce qu'elles non pas de pente et ne sont point pavées. Les terres sont un peu légères, assez faciles à exploiter, fertiles, et rendent 8 pour un : on y cultive toute espèce de denrées précieuses, excepté la vigne.

13ᵉ. CANTON DU FORT-VAUBAN.

Près du Rhin.

Composé de 14 communes, qui sont: Fort-Vauban, Auenheim, Dahlunden, Forstfeld, Kauffenheim, Leutenheim, Neuhæusel, Reschwog-Giessenheim, Roppenheim, Runzenheim, Schirhofen, Sessenheim-Dengelsheim, Stattmatten, Sufflenheim, dont la population, en l'an Iᵉʳ. de 7,896 ames, est réduite, selon l'état de l'an VI, à 6,552. La forteresse du chef-lieu a été détruite par l'ennemi, en l'an II; sa distance de Strasbourg est de 9 lieues ou 3 et 2/3 myriam.

Son sol rend presque généralement 7 pour un : les productions et les routes sont les mêmes que dans le canton précédent: les habitants ont souvent souffert du fléau de la guerre à cause de leur position au bord du Rhin; les fréquents débordements de

ce fleuve, laissent dans les environs, des eaux cou-
pissantes qui produisent des exhalaisons insalubres.

14ᵉ. CANTON DE GEISPOLSHEIM.

Situé dans la plaine, composé de 13 communes,
qui sont: Geispolsheim, Blæsheim, Düppigheim,
Düttlenheim, Ensheim, Eschau-Wibolsheim, Fegers-
heim-Ohnenheim, Ichtratzheim, Illkirch-Grafenstaden,
Illwickersheim - Oswal, Lingolsheim, Lipsheim,
Plobsheim, dont la population, de 11,193 ames, en
l'an Iᵉʳ. de la République, s'est portée, selon l'état de
l'an VI, à environ 12,000. Il est distant de 1 1/4 myriam.
ou 2 1/3 lieues de Strasbourg. On y cultive le froment,
orge, chanvre, tabac, pavot, navette, toutes sortes de
légumes, prairies artificielles et naturelles; il s'y
fabrique, année commune, 40 à 42,000 pièces
de toile du chanvre de son sol; indépendamment
de celui qu'ils vendent en nature tant peigné que
non - façonné.

Les qualités des toiles qu'ils font sont d'ordinaire
dans les prix de 20 à 28 s. l'aune de France, ou 80
c., à 1 f. 20 centimes, en écru, le mètre, large de 5/6
de mètre. Peu de contrées dans la République
pourroient le disputer à ce canton pour les qualités
de ses toiles, relativement à leur bas prix; les chaînes
qu'ils y emploient sont de 900 à 1400 fils.

Les cultivateurs sont presque tous tisserands; ainsi,
quand ils ne peuvent pas s'occuper à leurs terres,
ils ont la ressource de leurs ateliers pour les toiles: d'autres
ont de petites clouteries et emploient des fers de Framont
et de Rothau.

Quelques maisons de Strasbourg fabriquent dans
ce canton les feuilles de tabac qu'elles y achettent.

Les deux routes pour le Haut-Rhin, qui passent sur son territoire, le favorisent beaucoup ; la rivière de Lill dont on a parlé, le traverse; elle est navigable huit mois de l'année; quelquefois elle inonde une partie d'une plaine couverte de forêts de chênes; des eaux croupissent dans des cavités, d'où s'exhalent des vapeurs malsaines, qui causent des fièvres aux habitants.

On peut y faire passer les chars presque par-tout: le sol est très fertile, et facile à exploiter.

Il s'y élève un assez grand nombre de chevaux; mais peu de moutons et de vaches.

15e. CANTON DE HAGUENAU.

(*Intrà muros.*) Cette commune forme le canton : la population étoit, l'an Ier. de la République, de 4,518 ames; d'après l'état de l'an VI, elle est de 8,600 individus : éloignée de 2 1/4 myriam., ou 6 lieues de Strasbourg.

On y cultive le froment, seigle, orge, avoine, garance, chanvre, légumes, et prairies artificielles. On y voit des forêts communales et nationales peu distantes de la ville.

Le bois, la garance, et le tabac en feuille, forment les principales branches de commerce.

De deux manufactures de faïence, l'une paroît être abandonnée, depuis les émigrations de l'an II, et l'autre occupe 36 à 40 personnes; une usine pour préparer les racines de garance.

La rivière dite la Moter, ainsi que la grande route pour le Palatinat, traverse le canton ; le passage fréquent des troupes répand beaucoup d'aisance. Cette com-

mune renferme un des plus beaux hôpitaux du
département; le sol est en partie sablonneux.

16ᵉ. CANTON DE HAGUENAU.

(*Extrà muros.*) Situé dans la plaine, composé de
13 communes, qui sont: Batzendorff, Berstheim,
Daugendorff, Hochstett, Huttendord, Kaltenhaussen,
Morschweiler, Nieder-Schafftolsheim, Ohlungen.
Keffendorff, Schweighaussen, Uhlweiler, Nieder-Altorff,
Weitersheim-Gebolsheim et Wintetshaussen; elles
ont une population de 5,500 ames, selon l'état de l'an
VI; le chef-lieu est à Schweighaussen, qui est à 1 lieue
de Haguenau, 7 ou 2 3/4 myriam. de Strasbourg. On
y cultive le froment, avoine, orge, chanvre, garance,
dans quelques endroits, pavot, navette, prairie artificielle et naturelle. La plus considérable manufacture de
garance de la France, se trouve placée à Geisselbroun,
commune de Schweighaussen; elle fut créée en 1774,
par le feu célèbre Hoffmann, à qui on doit le dègré de
perfection, où sont aujourd'hui portées la culture et la
fabrication de cette plante: elle appartient depuis
1780, aux citoyens Weiss, Revel et compagnie, de
Strasbourg; on estime qu'elle emploie seule les 2/3
des racines qui se recueillent dans le département; on
évalue leur fabrication à 12 ou 1,400,000 f. par année; (1).
ils fabriquent encore des tabacs pour 30 à 40,000 f.

Dans les terrains dépendants dudit établissement,
ils ont planté de grandes pépinières d'arbres fruitiers;
ils ont vendu, dans certaines années, jusqu'à 12,000
pieds d'arbres greffés.

La nature du sol est sablonneuse, et demande de

---

(1). *En supposant le prix de la garance préparée FF.,
de 70 à 80 francs le quintal: il varie extrêmement; souvent
celui de Hollande sert de règle aux spéculateurs.*

fréquentes pluies, ou des brouillards pour être
fertilisé.

On y trouve de vastes forêts, des mines de fer qui
alimentent en partie les forges des citoyens Dietrich
et Karth, à Niderbroun, &c. On y élève des vaches,
des chevaux; on y voit des parcs pour des moutons.

Dans les endroits où les routes ne sont point pavées,
le sol est presque de pur sable; ce qui rend les transports
difficiles et coûteux.

17ᵉ. CANTON DE HARSKIRCH.

Situé au-delà de la chaîne des montagnes, qui sont
une branche des Vosges, limitrophe du Département
de la Moselle, composé de 11 communes, qui sont:
Altweiler, Bisert, Diedendorff, Harskirchen, Her-
bisheim, Hinsingen, Keskastel, Schoppertein, Silzheim,
Weiler, Zollingen, dont la population, selon l'état
de l'an VI, étoit de 4,792 ames. Le chef-lieu est à
18 lieues ou 7 1/4 myriam. de Strasbourg. On y
cultive le froment, orge, avoine, légumes, prairies
artificielles et naturelles; les forêts sont assez belles,
les routes difficiles, la culture du sol exige beaucoup
plus de chevaux de labour que dans le canton
précédent; les terres rendent six à sept pour un; les
arbres fruitiers sont communs; il s'y élève beaucoup
d'abeilles, mais peu de bétail.

18ᵉ. CANTON DE HOCHFELDEN.

Situé dans la plaine, composé de 22 communes,
qui sont: Altorff-Eckendorff, Bossendorff, Dunzen-
heim, Fridolsheim, Gingsheim, Haut-Atzenheim,
Haut-Frankenheim, Hochfelden, Ingenheim, Mels-
heim, Minversheim, Mittelhaussen, Mutzenhaussen,
Schaffhaussen, Scherlenheim, Schwindrazheim, Sessols-
heim, Waltenheim, Wickersheim, Wilshaussen,

Wilwisheim, Wingersheim: la population étoit, l'an Ier. de 9,569 ames, l'état de l'an VI l'élève à 10,000. Le chef-lieu est à 5 lieues ou à 2 myriam. de Strasbourg.

C'est un des meilleurs cantons quant à la nature des terres. On y cultive toutes les denrées les plus lucratives du département; elles réussissent bien, et rendent 8 à 9 pour un.

Les carrières de plâtre qu'on y exploite, sont très-avantageuses pour les habitants à qui elles servent d'engrais.

On y élève quelques moutons, des porcs, des vaches, assez de chevaux; le plus grand nombre de ceux-ci devient aveugles de 3 à 6 ans.

On peut aller avec des chars sur les routes d'un village à l'autre; mais n'étant point pavées, elles sont très-mauvaises dans le temps des pluies.

19e. CANTON D'INGWEILLER.

Situé au pied des montagnes, composé de 17 communes, qui sont: Bischholz, Ingweiler, Lichtemberg, Monchhoffen, Mühlhausen, Nieder-Mothern, Nieder-Sulzbach, Oober-Mothern, Ober-Sulzbach, Pfaffenhoffen, Reipertsweiler, Schillersdorf, Uttweiler, Weinbourg, Weitersweiler, Wimmenau, Zuzendorf. La population qui s'élevoit, l'an Ier. de la République, à 9,019 ames, s'est réduite à 8,800, selon l'état de l'an VI. Du chef-lieu du canton à Strasbourg, il y a 9 lieues ou 3 2/3 myriam. de distance.

On y recueille des fruits à cidre, châtaigne, orge, froment, seigle, avoine, lin, légumes, vin et fourrages.

Le pays est montagneux en plusieurs endroits du canton ; ce qui fait qu'on ne peut y aller que difficilement avec des chars. On y élève des abeilles, peu de bétail de belle race.

20ᵉ. CANTON DE LANDAU.

Situé dans la plaine, composé de 20 communes, qui sont : Artzheim, Damheim, Eschbach, Hayna, Herxheim, Herxheimweyer, Ingenheim, Landau, Nusdord, Queichlteim, Ranspach, Rulzheim, Waldhambach, Waldrohrbach, Altdorf, Essingen, Freischbach, Gommersheim, Niederhochstadt, Oberhochstadt, dont le nombre n'étoit, l'an Iᵉʳ. de la République, que de 15, la population de 14,379 ames ; depuis la suppression des districts, on l'a augmenté de 5 communes, dont l'état de l'an VI porte la population à 16,461 individus. Landau, chef-lieu, est à 18 lieues ou 7 1/4 myriam. de Strasbourg ; c'est l'une des plus fortes places de guerre de la France. On cultive dans le canton, le froment, épeautre, seigle, maïs, navette, fèves de marais, avoine, peu de vignes, prairies et légumes.

Les dépenses qu'y font les troupes de la garnison et celles de passage, ainsi que les voyageurs, sont une grande ressource pour les habitants.

Le bétail y est peu nombreux, les routes d'un village à l'autre sont mal soignées : celle qui conduit à Strasbourg, est construite dans une plaine sablonneuse, sur-tout aux environs de Haguenau ; le reste est passable, quand le grand nombre des ponts de bois qui s'y trouve est en bon état.

21e. CANTON DE LAUTÉRBOURG.

Composé de 21 communes, qui sont: Beinheim, Berg, Büchelberg, Crottweiler, Eberbach, Hagenbach, Kesseldorff, Lauterbourg, Motheren, Münchhaussen, Neeweiler, Neuenbourg, Nider-Lauterbach, Nider-Roderen, Ober-Lauterbach, Schaffhaussen, Scheibenhard, Selz, Siegen-Kaidenbourg, Trimbach, Winzenbach, dont la population, de 15,352 ames, l'an Ier. de la République, étoit réduite, selon l'état de l'an VI, a environ 13,000. Le chef-lieu est à 12 lieues ou 4 3/4 myriam. de Strasbourg; les routes, le sol, et les objets cultivés, sont de même nature que dans le canton précédent.

Le chef-lieu est une place fortifiée, peu éloignée du Rhin, et traversée par la rivière de la Lauter.

22e. CANTON DE MARCKOLSHEIM.

Situé près du Rhin, composé de 21 communes, qui sont: Artolsheim, Baldenheim, Binderheim, Boesenbiesen, Bootzheim, Diebolsheim, Elsenheim, Heidolsheim, Hessenheim, Hilsenheim, Illhæuseren, Mackenheim, Marckolsheim, Mietersholz, Nieder-Rathsamhausen-Ehenweyer, Mussig, Ohenheim, Richtolsheim, Sassenheim, Schoenau, Schwabsheim. La population, selon l'état de l'an VI, étoit d'environ 11,000 ames, l'an Ier. de la République; avant la suppression des districts, il avoit 23 communes, et sa population étoit alors de 9,810 ames.

Le chef-lieu est à 4 myriam. ou 10 lieues de Strasbourg; il est limitrophe du département du Haut-Rhin.

On y cultive le tabac, chanvre, navette, froment, orge, légumes, prairies naturelles et artificielles; il y a d'excellents fonds de terre, qui rendent jusqu'à 10 pour un, mais c'est la plus petite partie du canton; on peut aller avec des chars d'un village à l'autre; les routes pour Colmar et pour Strasbourg sont bonnes.

On y élève peu de moutons et de vaches; mais un assez grand nombre de chevaux. La rivière navigable de Lill qui la baigne, sert au transport des vins et autres marchandises du Haut au Bas-Rhin.

23ᵉ. CANTON DE MARMOUTIER.

Situé au pied des montagnes, composé de 22 communes, qui sont: Allenweiler, Birkenwald, Crafstatt, Dimsthal, Hengweiler, Hoegen, Hohen-Goefft, Jettersweiler, Klein-Ooefft, Knersheim, Landersheim, Lochweiler, Maurmoutier, Rheinhardsmünster, Reuthenbourg, Sallenthal, Singrist, Thall, Wescheim, Westhaussen, Zehnackern, Zeinheim: la population, en l'an Iᵉʳ. de la République, étoit de 8,018 ames; selon l'état de l'an VI, elle se portoit à 8,000. Le chef-lieu est à 2 1/4 myriam. ou 6 lieues de Strasbourg, sur la route de Saverne.

On y cultive les mêmes denrées que dans le canton précédent, en outre des vignes.

On peut aller avec des chars dans tous les villages du canton. On y élève très-peu de bétail; la route est très-bonne. (1).

___

(1). *La profonde ignorance dans laquelle les Moines de l'Abbaye de Marmoutier ont tenu le peuple jusqu'à la*

24ᵉ. CANTON DE MOLSHEIM. (1).

Situé au pied des montagnes, partie près la rivière dite la Bruche et du bord du canal de Volxheim; il est composé de 28 communes, qui sont: Achenheim, Altorf, Avolsheim, Breuschwickersheim, Dachstein, Dahlenheim, Dinsheim, Dorlisheim, Eckbolsheim, Ergersheim, Ernolzheim, Gressweiler, Handschuheheim, Hangenbieten, Heiligenberg, Holzheim, Kolbsheim, Hermolsheim - Mutzig, Molsheim, Nieder-Haslach, Ober-Haslach, Ober-Schafolsheim, Osthofen, Still, Sulz-Biblenheim, Urmatt, Wolffisheim, Wolxheim. La population s'y élevoit, l'an Iᵉʳ. de la République, à 20,595 ames, et d'après l'état de l'an VI, elle est de 20,474. Le chef-lieu est à 2 myriam. ou 5 lieues de Strasbourg.

C'est un des meilleurs cantons; les terres y rendent 8 à 9 pour un. On y cultive la vigne, la garance, et toutes les autres denrées précieuses du département.

On voit plusieurs carrières de belles pierres à bâtir, au ban de Moutzig et de Wolxeim, une d'ardoise dans celui d'Ober-Haslach. Cette dernière n'est plus exploitée depuis la révolution.

Il se fait un commerce assez considérable en bois de chauffage et de construction, à la naissance du canal de Wolxheim, où ils arrivent par les deux rivières qui s'y joignent.

Les pierres des carrières de Moutzig, de Vasselonne

---

révolution, est cause qu'il est beaucoup moins actif, moins industrieux qu'à Wasselonne, canton adjacent.

(1). Il y avoit dans cette commune, une Chartreuse, où l'on composoit des boules dites d'acier, très-réputées pour les blessures et autres espèces de maux.

et de Soultz - Bad, s'embarquent sur ce canal pour être conduites à Strasbourg, ainsi que les plâtres. (1).

Molsheim a une manufacture considérable de garance, dans le même genre que celle du canton de Haguenau (*extrà muros*) ; elle appartient au citoyen Augst; il fait fabriquer, année commune, 3 à 4,000 quintaux de garance, c'est-à-dire, à-peu-près la 6ᵉ. partie de celle qui se recueille dans le département.

A Soultz - Bad, coulent des eaux minérales il y a des bains établis à l'entrée d'une gorge très-riante par ses scites et sa culture variée, où prend naissance le canal dont nous venons de parler.

Le canton contient des forêts assez considérables; plusieurs usines pour la fabrication de la brique, de la tuile et de la chaux; des moulins à farine, à huile, des scieries, &c.: il y a trois blanchisseries pour les toiles. (2). On y élève des chevaux, des vaches, peu de moutons; on va avec des chars dans le plus grand nombre des communes; les routes de Strasbourg, Wasselonne et des Vosges sont bonnes.

25ᵉ. CANTON DE NIDERBRONN.

Situé au pied des montagnes, composé, l'an Iᵉʳ. de la République, de 36 communes, dont la pupulation étoit de 21,352 ames: depuis la suppression des districts, on l'a réduit à 34 communes, qui sont: Bischoffen-Walk, Dambach, Eberbach, Engweiler, Eschbach,

----

(1) *Il sort, année commune, des carrières de Flaxbourg, 50 à 60,000 quintaux de plâtre, dont le quintal se vend un franc, au canal ou à Molsheim.*

(2). *En l'an VI, l'art de blanchir les toiles y étoit encore dans l'enfance.*

Forstheim , Froschweiler , Gersdord , Griesbach , Gumprechtshofen, Guntershofen, Gunstett, Hegeney, Kindweiler , Laugen-Sulzbach , Laubach , Mattstatt , Merzweiler , Mietesheim , Morsbronn , Næhweiler-Elsashaussen , Niederbronn , Oberbronn , Oderdorff-Spachbach, Ofweiler, Reichshofen, Rothbach, Ube. rach , Uhrweiler , Uttenhófen , Winstein - Linien-haussen, Woerth, Zinsweiler, qui avoient, selon l'état de l'an VI, 20,444 ames.

Il y a du chef-lieu à Strasbourg, une distance de 3 et 2/3 myriam. ou 9 lieues, dans une position agréable: on y cultive la vigne, fruits à cidre, légumes, orge, avoine, chanvre, lin, prairies artificielles et naturelles, quelque peu de froment et d'épeautré.

Ses eaux minérales sulfureuses et ferrugineuses y attirent beaucoup de monde dans la belle saison ; ce qui fait vivre une partie des habitants. Les mines de fer sont exploitées par la maisons Dietrich et Karth de Strasbourg , qui ont , au chef-lieu du canton ou aux environs, quatre établissements desquels on estime qu'il sort, année commune, du fer pour 550,000 à 600,000 francs; ils occupent aux forges , aux forêts , aux mines, aux transports, &c. 380 à 400 ouvriers; ils emploient beaucoup de chevaux et de bœufs pour leurs charrois.

A peu de distance , est une verrerie des plus anciennes et à huit places : on y fait annuellement du verre commun et demi-fin pour environ 40,000 fr. Le canton contient quelques petites fabriques de potasse, une de couperose ou vitriol martial; d'où il sort pour 25 à 30,000 fr. ; trois papéteries ensemble, d'où il sort pour 100,000 fr.

Les habitants élèvent des chevaux, bœufs, porcs, chèvres,

chèvres, peu de moutons, beaucoup d'abeilles; les forêts du canton sont considérables.

La plupart des routes sont pénibles dans les montagnes; le quart de celle qui conduit à Strasbourg est sablonneux; le reste en est bon.

26.ᵉ CANTON D'OBER-HAUSBERGEN.

Situé dans la plaine, composé, l'an Iᵉʳ. de la République, de 17 communes, dont la population étoit de 8,627 ames; selon l'état de l'an VI, le canton est peuplé de 9,900 ames, et se divise en 18 communes, qui sont: Bischheim au Saum, Dingsheim, Dossenheim, Fessenheim, Fürdenheim, Hohnheim, Hurtigheim, Ittenheim, Küttolsheim, Mittelhausbergen, Niederhausbergen, Oberhausbergen, Offenheim, Quazenheim, Schiltigheim, Stützheim, Suffelweyersheim : distance du chef-lieu à Strasbourg, un demi-myriam. ou une lieue. Le sol est un des meilleurs du département.

On y cultive le tabac et toutes les autres denrées précieuses : c'est le seul canton où a lieu la culture des graines de moutarde; le rapport est d'environ 7 à 800 sacs par an, ou 10 à 1,200 quintaux; on y prépare les chanvres; l'aisance règne chez les habitants; ils ont poussé l'agriculture au plus haut degré.

Schiltigheim, commune de ce canton, a des fabriques d'huile, de vinaigre, des brasseries, beaucoup de boucheries et boulangeries qui viennent vendre journellement à Strasbourg; dans le voisinage, se trouvent deux fabriques de poudre et amidon; à un 1/4 de lieue dans la plaine, est une petite usine (1). pour la préparation de la garance; on y moud aussi des bois de teinture, et on y fabrique de l'huile de grains.

____

(1). *Elle appartient au citoyen Karth fils, de Strasbourg.*

C

On estime que les Brasseurs, Bouchers, Boulangers, aubergistes, fabricants de vinaigre, d'huile, de poudre, &c.; font ensemble un commerce annuel de 7 à 800,000 francs, en temps de paix.

27ᵉ. CANTON D'OBERNAI.

(*Intrà muros.*) Situé au pied des montagnes des Vosges. La commune de ce nom et celle de Bernard-weiler forment un canton, à 2 myriam. ou 5 lieues de Strasbourg, dont la population, l'an Iᵉʳ. de la République, portée à 6,438 ames, se réduit, selon l'état de l'an VI, à 6,072. On y cultive des légumes, des fourrages, peu de froment, du bétail, de l'orge, sur-tout de la vigne; les environs de la ville offrent des chenevières, des jardins, des vergers.

C'est la ville où se tiennent les plus forts marchés du département pour la vente des chevaux, cochons, bœufs et autres bestiaux, tant pour les boucheries que pour les travaux de la campagne: on tire ces animaux de la Suisse, des Vosges, des départements de la Moselle et de la Meurthe.

Le terrain est fertile; les routes pour le Haut et Bas-Rhin sont bonnes.

28ᵉ. CANTON D'OBERNAI.

(*Extrà muros.*) Composé de 8 communes, qui sont: Boersch, Innenheim, Krautergersheim, Meistratzheim, Nieder-Ehnheim, Nieder-Ottenrott, Ober-Ottenrott, Saint-Nabor, dont la population étoit, l'an Iᵉʳ. de la République, de 6,654 ames; l'état de l'an VI la porte à 7,500.

On y cultive le chanvre, navette, pavot, froment,

orge, méteil, prairie naturelle et artificielle pommes de terre, et beaucoup de vignes: quelques noyers et châtaigniers croissent dans la partie montagneuse; les arbres fruitiers y sont nombreux; on y élève quelques moutons, des porcs, des chevaux, des vaches et des abeilles.

Bœrch en est le chef-lieu; de cette commune à Strasbourg, la distance est de 2 myriam. ou 5 lieues. A une demi-lieue de là, se trouve dans une vallée étroite la manufacture de Klingenthal, où l'on fait des armes blanches d'un trempe bien supérieure à aucune autre manufacture de France.

Elle fut établie en 1730; le fondateur n'eut pas beaucoup de succès; il en a bien coûté pour arriver au dégré de supériorité qu'elle a atteint; on peut dire que peu de manufactures de ce genre en Europe pourroient faire des ouvrages aussi parfaits.

L'an IIe. de la République, elle occupoit 375 ouvriers, qui peuvent confectionner, année commune, quand ils sont dans une constante activité, 110 à 120,000 pièces, soit baïonnettes, soit diverses espèces de sabres, qu'on évalue, lorsqu'ils sont bien achevés, à la somme de 425 à 460,000 francs; mais certaines années, il sort à peine des ouvrages pour les deux tiers de cette somme, parce que l'ouvrier n'a pas régulièrement de l'ouvrage pour les entrepreneurs, et qu'il lui est défendu de travailler pour les particuliers.

La République est propriétaire des bâtiments et usines qui s'y trouvent.

Un seul ruisseau fait, par ses chûtes répétées,

jouer cinq aiguiseries, trois martinets pour raffiner l'acier, une forerie.

Depuis l'an VI, les entrepreneurs sont les citoyens Bisy et Kœnauderer; ce dernier est marchand tanneur à Strasbourg.

A quelque distance de cette manufacture, est un martinet pour la préparation des cuivres; on évalue le montant annuel des marchandises qui en sortent, à 110 ou 120,000 francs; le propriétaire est le citoyen J. D. Oeisigre de Strasbourg.

29ᵉ. CANTON DE LA PETITE-PIERRE.

Situé dans les gorges des montagnes, composé de 18 communes, qui sont réduites, depuis la suppression des districts, à 13, savoir: Adamsweiler, Bettweiler, Durstel, Eckartsweiler-Zittersheim-Sparsbach, Frohmühl, Gungweiler, Hambach, Hindsbourg, Lohr, Petersbach, la Petite-Pierre, Puberg, Rostey, Struth, Tieffenbach, Volcksbourg, Weislingen, Wingen. La population, l'an 1ᵉʳ. de la République, étoit de 6,292 ames, et selon l'état de l'an VI, de 4,128 ames. La commune de la Petite-Pierre est à 11 lieues ou 4 1/3 myriam. de distance de Strasbourg.

Le pays est froid, montueux: on y recueille peu de froment, beaucoup de pommes de terre, du fourrage, du seigle, de l'avoine, du miel; mais à l'exception des prairies, la culture est peu de chose.

On y élève des vaches, des porcs, des chèvres, peu de moutons, quelques chevaux de petite espèce.

Il y a beaucoup de forêts: c'est ce qui a déterminé, au commencement de l'an VI, un particulier à y établir une manufacture de faïence qui doit être bientôt en activité. On y trouve une ancienne verrerie à un four de 8 places, fondée depuis 1718, dans la commune de Wingen, pour du verre à vitre, dont la fabrication annuelle peu s'élever à 40,000 francs.

30ᵉ. CANTON DE ROSHEIM.

Situé au pied des Vosges, composé de 23 communes avant la suppression des districts, dont la population s'élevoit, l'an Iᵉʳ. de la République, à 13,218 ames; il est réduit à 14 communes, qui sont: Bellefosse, Belmont, Bergbieten, Bischoffsheim, Blancherupt, Gleishorbach, Grendelbruch, Griesheim, Mollkirch, Mühlbach, Rosenweiler, Rosheim, Solbach, dont la population, d'après l'état de l'an VI, est de 9,500 ames. Rosheim est à 2 myriam. ou 5 lieues de Strasbourg.

On y cultive la vigne, des arbres fruitiers, beaucoup de noyers; dans la plaine se trouvent des terres où on recueille le froment, orge, méteil, pommes de terre, légumes secs, châtaignes. La partie montagneuse renferme de belles forêts de chênes, de hêtres et de sapins.

Les habitants du canton élèvent des abeilles, peu de moutons, de petits chevaux, quelques vaches; il y a plusieurs moulins à farine; deux forges à renardières avec des martinets, ou l'on convertit les vieux fers et fontes en fer neuf, dans la commune de Greudelbrouch. On estime le total de leur fabrication, année commune, 40 à 50,000 francs; elles sont à deux propriétaires.

A Rosweiler, on voit un martinet qui fait de la taillanderie et des instruments aratoires, plusieurs scieries de planches, une blanchisserie de toiles assez considérable près du village de Mollkirch. On recueille dans les bois des cerises noires, dont on extrait une liqueur fort estimée, dite Kirschwasser, c'est-à-dire, eau de cerise.

Le chef-lieu renferme une salpétrière assez considérable; il se trouve dans les montagnes, au-dessus Schermeck, trois communes isolées dans lesquelles on file du coton, les trois quarts de l'année; cette contrée est stérile, montueuse et froide. On n'y cultive que des pommes de terre, du fourrage, quelque peu de lin et de l'avoine; le reste est couvert de forêts: ce sont les plus pauvres communes du canton; étant enclavées dans les Vosges, il y a lieu de croire qu'un jour elles en dépendront.

31e. CANTON DE SAAR-UNION.

Situé au-delà de la chaîne des montagnes, créé depuis la suppression des districts, composé de 3 communes, qui sont: Oermingen, Saar-Union, Saarwerden (vieux), dont la population, suivant l'état de l'an VI, est de 3,684 ames. Saar-Union, chef-lieu est à 6 myriam. ou 17 lieues de Strasbourg.

On y cultive des légumes, orges, avoines, peu de froment, assez de prairies artificielles et naturelles; on y élève quelques moutons, des vaches et des chevaux de moyenne espèce.

On y fabrique de grosse draperie pour 25 à 30,000 francs par an; un foulon et une frise servent à leur préparation.

On y fabrique aussi des siamoises pour environ pareille somme. Ces deux genres de fabrication occupent à la filature beaucoup de bras des environs.

Le pays est froid; l'hiver y est long; sans ces manufactures, le peuple vivroit difficilement; les routes sont pénibles en plusieurs endroits.

32e. CANTON DE SAVERNE.

Situé au pied des montagnes, composé de 26 communes, l'an Ier. de la République, réduit à 22, qui sont: Altenheim, Behrlingen, Dettweiler, Eckhartsweiler, Ernolsheim, Furchhaussen, Gottenhaussen, Gottesheim, Hangenweiler, Hattmatt, Lupstein, Luttenheim, Mennolsheim, Monsweiler, Ottersthal, Ottersweiler, Pfalzweyer, Saint-Jean-des-Choux, Saverne, Schweinheim, Steinbourg, Waldolvisheim, Wintersbourg, Wolschheim, Zillingen, dont la population étoit de 14,035 ames, et selon l'état de l'an VI, de 13,589. Saverne est à 8 lieues ou 3 1/4 myriam. de Strasbourg.

On y cultive beaucoup d'arbres fruitiers, toutes les autres denrées de ce département, excepté le tabac et la garance, qu'on y plante beaucoup moins que dans les cantons situés aux environs de Strasbourg.

On y élève des chevaux de moyenne race; mais peu de moutons.

Les terres y rendent 6 à 7 pour un, dans diverses parties des communes.

La rivière de la Sorn qui y passe, et sur laquelle on flotte beaucoup de bois de chauffage, favorise les habitants de Saverne, pour en faire le commerce qui y est devenu assez considérable.

La grande route pour Paris, qui le traverse, donne aux cultivateurs la facilité de mieux vendre leurs denrées. On regarde comme un chef-d'œuvre la route pratiquée sur la côte rapide de Saverne.

33e. CANTON DE SÉLESTADT.

[*Intrà muros.*] Comprend la commune de ce nom, ayant l'an Ier. de la République, 6,390 ames, et selon l'état de l'an VI, 7,000 environ. C'est une place forte, peu éloignée du Rhin, arrosée par la rivière de Lill, et distante de 10 lieues ou de 4 myriam. de Strasbourg, sur la route de Colmar.

Le territoire du ban produit les denrées des autres cantons du département. Le gravier qui couvre le sol des environs, le rend, en plusieurs endroits, de nul ou de très petit - rapport.

La route est belle; le fréquent passage des troupes et des voyageurs est une ressource pour les habitants.

34e. CANTON DE SÉLESTADT.

[*Extrà muros.*] Situé au pied des montagnes des Vosges, partie dans le Val-de-Lièvre, composé de 8 communes, qui sont : Blienschweiler-Nothhalten-Zell, Dambach, Ebersheim, Kienzheim, Orschweiler, Scherweiler, Tieffenthal, dont la population qui étoit l'an Ier. de la République, de 11,010 ames, s'est élevée d'après l'état de l'an VI, à 1,200 environ. Le chef-lieu est Scherweiler, distant de 1 lieue ou 1/2 myriam. de Sélestadt.

On y cultive la vigne, peu de froment, prairies artificielles et naturelles, châtaigniers, arbres fruitiers, orge, avoine, méteil, beaucoup de pommes de terre, quelque peu de lin et des légumes.

On y élève des abeilles, des porcs, peu de moutons, assez de vaches, et la petite espèce de chevaux.

Il y a d'assez belles forêts, des scieries de planches, deux papeteries, près de la route de Sainte-Marie-aux-Mines, qui fabriquent entr'elles pour 58 à 60,000 francs de papier par an.

La route qui conduit aux Vosges, et celles de Colmar, Strasbourg, sont bonnes; celles d'un village à l'autre sont en moins bon état. Le sol est montagneux en partie et d'un rapport moyen.

35e. CANTON DE SOULTZ.

(*Sous Forets*), situé dans la plaine, composé de 35 communes, qui sont : Aschbach, Biblisheim, Birlinbach, Bühl, Drachenbronn, Dürrenbach, Hatten, Hermersweiler, Hünsbach, Hoffen, Hohweiler, Keffenach, Kühlendorff, Lampertsloch, Leutersweiler, Lobsann, Memmelshoffen, Mitschdorff, Nieder-Betschdorff, Nieder-Kutzenhaussen, Nieder-Seebach, Ober - Betschdorff, Ober - Roderen, Ober - Seebach, Preuschdorff, Reimersweiler, Retschweiler, Ritters-hoffen, Schonenbourg, Schwabsweiler, Soulz, Sour-bourg, Stundweiler, Tieffenbach, Walbourg, dont la population étoit, l'an Ier. de la République, de 13,799 ames, et selon l'état de l'an VI, de 17,405. On y cultive peu de vignes dans les terres à bled, de l'épeautre, pommes de terre, froment, avoine, seigle, peu de chanvre : il y a des arbres fruitiers, à cidre, des châtaigniers, quelques noyers, des prairies artificielles et naturelles, ainsi que des sources d'eau salée, des mines d'asphalte et de charbon de terre.

Généralement, les moutons y réussissent mieux,

Et sont plus gros que dans les autres cantons du département. On y élève des vaches, des porcs et des chevaux de moyenne espéce.

On estime qu'il se fabrique, année commune, 1,250 kilogramme ou 2,500 quintaux de sel, qui occupent 12 ouvriers. Trois mines d'asphalte, découvertes depuis 1720, servent à fabriquer: 1°. des graisses claires pour les voitures; 2°. des graisses plus épaisses pour les usines, rouages de mécanique, &c.; 3°. une huile de pétrole noire, propre à la guérison des blessures des animaux, notamment des bêtes à cornes.

Le produit annuel de l'une d'elles est d'environ 500 kilogrammes ou 1,000 quintaux, qui se vendent 25 à 28 francs le o/o. On y occupe 70 à 75 ouvriers.

Si elles sont aussi abondantes l'une que l'autre, et exploitées avec les mêmes succès, elles peuvent fournir ensemble environ 3,000 quintaux par an. Il est à observer que celle de Lobsan a été découverte, 18 pieds au-dessous d'une veine de charbon de terre qu'on exploite: quelques-uns la distinguent sous la dénomination de *Bitume solide*, et les deux autres sous celle de *Bitume liquide* : on extrait toutes ces matières par les mêmes procédés, et on en tire un très bon enduit, qui rend le bois et la pierre impénétrables à l'eau douce ou salée, et peut suppléer au goudron pour la marine.

Si les héritiers Lébel exécutent le projet que ce propriétaire avoit formé, ils établiront des bains d'asphalte ; on les croit propres à la guérison de certaines maladies.

Le charbon de terre qui se trouve dans le même endroit, est d'une qualité inférieure à celui des mines de Sarbruck. La mine en fut découverte en 1788, par le citoyen *Rosentit*, directeur des Salines de Soultz. On estime qu'elle fournit, année commune, 10 à 12,000 quintaux de charbon, dont la plus grande partie est employée sur les lieux pour la fabrication des sels, ou pour l'extraction de l'asphalte.

Les routes sont passables; la nature des terres est médiocre.

36ᵉ. CANTON DE STRASBOURG.

Composé de la Ville, de la Citadelle, de la banlieue, de Ruprechtsau et du Neuhof, dont la population étoit, l'an Iᵉʳ. de la République, de 55,000 ames.

S A V O I R :

Catholiques........................	35,000
Luthériens.........................	19,694
Calvinistes........................	306
	55,000

En l'an VI, la population des Juifs établis à Strasbourg, depuis le commencement de la révolution, s'est trouvée de.......... 1,850

Ce qui porte le TOTAL a...... 56,850

Si l'on y joint 5,000 individus, tant étrangers qui n'y ont point de domicile fixe, qu'employés ambulants à la suite des armées, &c.; et une garnison, qui en temps de paix, est d'environ 6 à 7,000 hommes; l'ensemble s'élève à 67,000 ames.

La majeure partie du territoire est convertie en jardins potagers, qui produisent des légumes de toute espèce au-delà des besoins de la ville : car les jardiniers en fournissent les marchés de 8 à 9 autres communes du département, et en envoyent même de l'autre côté du Rhin.

Ils vendent aussi une quantité considérable de graines d'oignons, choux et autres plantes potagères.

On cultive, aux environs de la ville, des tabacs, chanvre, froment, pavot, beaucoup d'arbres fruitiers; dans la plaine des bouchers, sont des prairies artificielles et naturelles en pâquis; de grands terrains sablonneux, où sont plantés divers arbres; d'autres destinés aux promenades et aux manœuvres des troupes.

Le bled qui s'y récolte, peut à peine suffire à la nourriture du huitième des habitants.

Son commerce peut se diviser en huit principales branches :

1°. Les productions du cru du département, dont la plus grande partie passe par les mains des négociants de cette commune, soit pour être expédiées dans divers endroits, soit pour être manufacturées sur les lieux; tels que les tabacs en feuille, les chanvres, les grains pour amidon.

Il s'y trouve 26 manufactures de tabac connues, indépendamment de 11 peu importantes ; elles peuvent faire travailler six-cent-cinquante à...... 680 ouv.

Douze à quinze fabriques d'amidon en employent trente-cinq à................ 40

La préparation des chanvres, les fabriques de cordage, celles des grosses toiles d'emballage, en peuvent occuper deux-cent-cinquante. 250

TOTAL............ 970

Les maisons de commerce qui font fabriquer la garance, ont leurs usines dans les campagnes; elles la font verser en ville, d'où on l'expédie pour divers pays; les graines de moutarde se cueillent à une, deux et trois lieues de la ville, du côté de Bisheim; les semences de grande culture, tels que les trefles, &c. les graines potagères y passent de même; la potasse, le tartre, la colle forte, l'amidon, l'azur, et les toiles communes, forment à-peu-près l'ensemble de ce qu'on appelle commerce des denrées du département.

2°. Le commerce de commission, expédition, navigation, roulage, et banque. (1).

3°. Le gros et le détail de toute espèce d'étoffes,

---

(1). *Les auberges de la Fleur et de la Hache, reçoivent à-peu-près tous les rouliers : on estime leur nombre annuel, à 3,000, qui conduisent 23o à 25o,ooo quintaux de diverses marchandises des autres départements, soit pour le transit, soit pour la consommation du Bas-Rhin; les bateaux qui vont sur le Rhin, descendent vers Mayence, 8o à 9o,ooo quintaux de marchandises, année commune. Il n'est point douteux que le nouvel ordre des choses n'augmente par la suite de beaucoup la navigation sur ce fleuve; mais il faut la paix. Les expéditions qu'il s'y est fait depuis quelques années, ne peuvent point servir de base pour calculer les avantages qu'il peut donner au commerce.*

Le Rhin est navigable huit mois de l'année, depuis Strasbourg ou Kehl, jusques à la Hollande: depuis Basle à ces deux dernières places, dans le même temps, on peut seulement descendre, mais non remonter des bateaux chargés directement; pour remonter, on se sert de Lill qui a un petit port près de Colmar.

tels que draperie, toilerie, soyerie, indienne, mousseline, bonneterie, chapelerie, modes, quincaillerie, mercerie, passementerie, dorure, pelleterie, librairie, papeterie.

4°. Les vins, eaux-de-vie, vinaigres, liqueurs, des houblons d'Allemagne, des bières fabriquées dans le pays.

5°. Épicerie, droguerie, tannerie, chamoiserie, fer, plomb, cuivre, acier, taillanderie, faulx et faucilles, matériaux, comme bois de constructions et autres pour la bâtisse.

6°. Fourniture de grosses entreprises de tout ce dont peuvent avoir besoin les armées; tels que les viandes, habits, chevaux, grains, fourrages, fourniture de ce qu'il faut aux arsenaux; les réparations d'armes, fonderie de bouches-à-feu, bois de chauffage, lumière, blanchissage, entretien des lits de garnison, étapes, entreprises des routes, entretien des fortifications, des hôpitaux, des bâtiments civils et militaires, pour la navigation du Rhin. &c.

7°. Les deux foires annuelles de la commune, où se rendent les Allemands, les Suisses, plusieurs maisons de commerce de l'intérieur, qui payent de forts loyers aux habitants, font des consommations, des achats, ventes et expéditions extraordinaires.

8°. Enfin, les objets qui se consomment dans le courant de l'année par les militaires, les dépenses de toute nature que fait chacun d'eux en particulier chez les marchands en détail, aubergistes, cafetiers, artistes, &c.; tout ce qu'ils achetent là où bon leur semble, et qui ne doit pas leur être fourni par la République.

On compte plusieurs ateliers ou manufactures à Strasbourg ou dans sa banlieue, qui sont comme isolés du commerce.

1°. Une fonderie de bouches-à-feu dirigé par le citoyen *Dartin*, qui fournit à l'Etat, dans les temps ordinaires, pour 180 à 200,000 francs de canons, fabriqués par 18 à 24 ouvriers.

2°. Ateliers de 5 à 600 ouvriers pour l'arsenal, où sont construits les affûts, toutes sortes d'attirails pour l'artillerie.

3°. Un atelier de réparation d'armes à St.-Jean, qui occupe environ 50 ouvriers, lesquels font annuellement pour environ 50 à 60,000 francs de réparations, depuis l'ouverture de la guerre pour la liberté : cet atelier a été créé au commencement de la deuxième année de la République, dans le ci-devant château de Moutzig, et a été transféré à Strasbourg, l'an V; l'entrepreneur est le citoyen *Coutaux* l'ainé.

4°. Une manufacture nationale de toiles à voile pour la marine, établie hors de la ville, à peu de distance de la porte de l'hôpital civil; l'entrepreneur est le citoyen *Gau*, qui fait ordinairement sortir de cet établissement, année commune, 3 à 400,000 aunes ou 450 à 500,000 mètres de toiles, destinées pour les ports de Toulon ou de Brest.

Cinquante à soixante tisserands y travaillent : les chanvres se filent hors de la fabrique.

Les autres fabriques de Strasbourg consistent en un atelier de filature et de blanchisserie de fil tant à coudre, à tricoter, que pour le passementier.

La commune y envoie les femmes et enfants indigents,

dans la vue de donner à ceux-ci un peu d'instruction, et de détruire la mendicité: on y occupe une centaine de ces personnes ; le citoyen *Wetter* en est l'entrepreneur.

L'an Ier. de la liberté, il y avoit à Strasbourg environ 450 tisserands, répandus en divers quartiers de la ville : ils fabriquent pour les particuliers qui leur fournissent le fil; mais peu pour le commerce.

On estime que ce nombre s'est réduit aux deux tiers, en l'an VI.

Il se fabrique dans cette commune, dans les années ordinaires , environ 4,500 quintaux ou environ 2,400 kilogrammes de corde ou de ficelle de diverses qualités , qu'on estime à 300 ou 325,000 francs.

Cette branche de fabrication occupe environ 140 ouvriers.

Il y a quatre blanchisseries près de la ville, pour ce qu'on appelle les toiles du *blanc de ménage* ; la plus considérable est celle du citoyen *Zaepffel* ; elles blanchissent en tout, 3 à 3,200 pièces, ou 290,000 à 300,000 mètres environ, par an.

L'an V I de la République, les blanchisseries du Bas - Rhin n'avoient point réussi à donner aux toiles le beau blanc de lait; elles sont encore loin de la perfection qu'on a atteinte en Hollande, en Flandre, en Suisse.

Quand les habitants de ce département veulent leurs toiles d'un beau blanc de lait, ils les envoyent blanchir à Basle.

On compte douze, tant grandes que petites fabriques d'amidon d'amidon ou poudre à cheveux, qui en temps de paix font ensemble pour environ 115 à 120,000 francs, année commune.

Trois fabriques de draps ordinaires, ou demi-fins, dont la plus considérable est celle du citoyen *Dietsch*, desquelles il sort pour environ 200,000 francs de marchandise, par an, depuis l'an Ier. de la République.

Dix-sept fabriques d'huiles de noix, colza, navette, pavot, &c.; font annuellement entr'elles 8,500 à 9,000 quintaux ou 4,440 kilogrammes, qui valent 6 à 700,000 francs.

Il y avoit, en l'an **VI**, 24 ateliers où se fesoient des chandelles, dont six assez considérables, et les autres peu importants : on en estime la fabrication moyenne, à environ 280 ou 300,000 francs, par an.

Six petites fabriques de crics font par an pour 20 à 24,000 francs, de ces instruments.

Une fonderie de caractères d'imprimerie, dont les matrices sont la plupart gravées par *Jacob*, élève de l'établissement du célèbre *Baskerville*, elle est actuellement entre les mains du citoyen *Levrault*.

Deux fabriques de boutons de métal, trois de robinets en cuivre, et autres articles de laiton, font entr'elles en divers ouvrages, pour 180 à 200,000 francs.

Depuis la révolution, l'orfévrerie donne à-peu-près une pareille somme; mais, sous l'ancien régime, le travail en vermeil ou pièces d'argent doré qui s'y établissoit, jouissoit de quelque réputation. On y fabriquoit des vases et autres riches pièces d'église, pour des sommes considérables.

On compte 35 fabriques de tabac, dont 26 sont grandes et très-connues par les affaires qu'elles font tant à l'intérieur qu'à l'extérieur de la France; elles peuvent employer par an, 45 à 48,000 kilogrammes ou 90 à 100,000 quintaux de feuilles.

Quatre maisons de commerce font travailler du coton: elles ont quelques ouvriers en ville; mais les 98/100 sont au Ban-de-la-Roche, dans les Vosges, où elles l'envoyent filer; ensuite elles le font blanchir ou teindre à Barr ou à Sainte-Marie-aux-Mines, et elles le vendent ainsi préparé à Strasbourg. Cette branche de commerce s'élève à 110 ou 120,000 francs, par an.

En 1791, on a tenté d'établir à Strasbourg des ateliers de teinture pour le rouge solide, dit de Turquie; de même qu'une blanchisserie, et une filature pour le coton. Mais une année d'expérience ayant prouvé aux citoyens *Rüpsaume* et *Kün*, entrepreneurs, qu'il n'étoit pas possible de soutenir en ville de pareilles fabriques, ils les ont abandonnées.

Depuis le commencement de la révolution, il s'est formé une petite fabrique de papier peint pour tapisserie; elle en fournit annuellement pour 16 à 18,000 francs.

Deux manufactures font chaque année de l'amadou pour 60 à 68,000 francs; elles tirent de la Bohême les champignons avec lesquels elles le fabriquent.

On compte 5 à 6 fabriques de colle forte assez estimée.

En l'an VI, il existoit 24 tanneries dans la commune ou ban-lieue ; elles fabriquoient entr'elles pour 450 à 500,000 francs, par an. Elles tannoient beaucoup moins de cuirs sous l'ancien régime. L'art de tanner s'est un peu perfectionné depuis la révolution.

Deux fabriques de maroquins en préparent annuellement pour 80 à 90,000 francs.

Avant la révolution, les selliers et carrossiers de Strasbourg travailloient beaucoup pour l'Allemagne, la Prusse, la Suisse, la France, &c.; leur bon travail les a fait souvent préférer aux autres villes. Depuis la révolution, ils construisent bien moins de riches voitures; mais beaucoup plus de selles, et autres objets pour les armées.

Dix-huit à vingt ateliers pour la fabrication des peignes de corne vendent en totalité pour 24 à 30,000 francs, par an.

On distingue huit fortes brasseries, qui, chaque année, expédient hors du département, de la bière, pour 115 à 120,000 francs; du houblon qu'elles tirent de l'Allemagne, et revendent aux brasseurs de l'intérieur de la République, pour 150 à 160,000 francs.

Le tartre, que produisent les vins blancs de la ci-devant Alsace, se vend en majeure partie aux maisons de Strasbourg, ainsi que la potasse, l'azur, la résine blanche, la térébenthine; ces objets font partie du commerce extérieur.

37ᵉ. CANTON DE TRUCHTERSHEIM.

Situé dans la plaine; distance du chef-lieu à Strasbourg, est de 3 lieues ou 1 1/4 myriam. Les 21 communes qui lecomposent, sont: Avenheim, Behlenheim, Dürningen, Gimbrett, Griesheim, Gugenheim, Ittlenheim, Klein - Franckenheim , Kuenheim , Neugartheim, Pfettisheim, Pfulgriesheim, Reitweiler, Rohr, Rumersheim, Schnersheim, Truchtersheim, Wallenheim , Willgotheim , Winzenheim , Wiversheim , dont la population, de 6,114 ames, en l'an Ier. de la République, s'est réduite à 5,986, selon l'état de l'an VI. On y cultive toutes les denrées lucratives du département.

Il y a une source d'eaux minérales.

La route de Strasbourg est bonne; les autres sont praticables avec des chars.

38e. CANTON DE VILLÉ.

Situé dans le Val de ce nom, limitrophe des Vosges composé de 19 communes, qui sont: Bassemberg, Breitenau, Breitenbach, Charbe-Lalaye, Erlenbach, Fouchi (Groube), Hirzelbach, Meissennott, Neufbois, Neuve-Eglise, Saint-Martin, Steig, Thannvillé, Tieffenbach, Trimbach, Villé, dont la population, de 9,162 ames, l'an Ier de la République, s'est élevée à 10,173, selon l'état de l'an VI. Le chef-lieu est à 10 lieues ou 4 myriam. de Strasbourg.

Le pays est montagneux et boisé. La plupart des prairies sont arrosées par les sources des montagnes.

Dans le canton, on cultive avoine, méteil, bled noir, légumes secs, vignes, châtaignes, peu de froment et de lin; mais beaucoup de pommes de terre, qui font la principale nourriture des habitants. Une grande partie du sol n'est pas cultivable.

On y élève un assez grand nombre de vaches, des chevaux de petite race, des porcs, peu de moutons.

Le charbon de terre, tiré d'une mine, exploitée depuis l'an 1728, est d'une qualité inférieure à celui des mines de Sarbruck.

On en employe beaucoup à la manufacture d'armes blanches du Klingenthal: environ 50 personnes sont occupées à extraire, ou à transporter annuellement 6 à 7,000 quintaux, ou 3,400 kilogrammes de ce charbon.

Depuis quelque temps on s'aperçoit que la mine touche vers sa fin, parce qu'elle devient moins abondante.

Aux environs de la Laye où elle est, on trouve plusieurs indices d'autres mines qui contiennent du cuivre, du plomb, de l'argent; on ignore si elles sont assez riches pour mériter d'être exploitées.

Les routes d'une commune à l'autre sont souvent dégradées par la rapidité des eaux, quand il pleut dans les montagnes.

Celle qui conduit à Sélestadt est bonne et praticable avec des voitures.

Dans ce canton, vers le haut de la même vallée, on commence à parler Français, ou plutôt un patois Lorrain; mais les habitants comprennent et écrivent la langue française.

39ᵉ. CANTON DE WASSELONNE.

Situé près de la chaîne des montagnes des Vosges; les 18 communes qui le composent, sont: Balbronn, Bergbieten, Dangolsheim, Engenthal-Obersteigen, Flexbourg,

Irmstett, Kirchheim, Kosweiler, Marlenheim, Nord-
heim, Odrazheim, Romansweiler, Scharrachbergheim,
Trænheim , Vangen , Wangenburg , Wasselonne ,
Westhoffen. Le chef-lieu est à 2 myriam ou 5 lieues
de Strasbourg. La population étoit , l'an Ier. de la
République, de 15,133 ames ; selon l'état de l'an VI, de
15,041. On y cultive toutes les denrées les plus estimées
du département.

Il y a au chef-lieu plusieurs usines qui sont favorisées
par la rivière qui le traverse : ce sont des moulins à
farine, à tan, des scieries, des huileries, un moulin
à garance, une papeterie où se fait du papier blanc
et peint, une manufacture d'indiennes et une blanchisserie réunies; ce dernier établissement appartient
au citoyen *Pasquay*.

Il y a plusieurs petites brasseries, quatre petites
fabriques de savon commun et de chandelle.

Des tanneries, un commerce de bois, des clouteries,
de la coutellerie, beaucoup de marchands détaillants
que des marchés assez considérables entretiennent.

Peu de petites villes sont aussi laborieuses et aussi
industrieuses que Wasselonne.

Ce canton renferme une superbe carrière de pierres
à bâtir, qui fournit Strasbourg et autres lieux du
département.

Les routes pour Saverne, Molsheim et Strasbourg
sont bonnes.

On y élève peu de moutons; mais des vaches et des
chevaux de moyenne race.

40ᵉ. CANTON DE WEISSEMBOURG.

Situé au pied des montagnes dites les lignes, qui formoient jadis les limites de la France, du côté des principautés d'Allemagne, depuis réunies à la République.

On y cultive toutes les denrées recherchées du département; mais le sol étant moins bon que dans les environs de Strasbourg, on y recueille peu de froment; il exige plus de dépense pour la culture, et ne répond pas assez souvent aux soins du cultivateur.

On y voit beaucoup d'arbres fruitiers élevés en amphithéâtre; certains endroits pittoresques et ombragés offrent pour l'été des séjours délicieux.

Les vingt-quatre communes qui composent le canton, avoient, en l'an Iᵉʳ. de la République, une population de 20,941 ames; dans l'état de l'an VI, on n'a compté que vingt-trois communes, contenant 20,044 individus. Weissembourg est à 12 lieues ou 5 myriam. de Strasbourg: c'est une place forte des lignes, sur la rivière de la Lauter, qui fait jouer plusieurs moulins et usines.

Dans ce chef-lieu on fabrique de la bonneterie en fil et coton, laquelle occupe 38 ouvriers, qui, année commune, font chacun des bas pour 30 à 35,000 francs.

Une fabrique de 8 métiers de tisserands pour les siamoises, peut en confectionner pour pareille somme.

Les routes qui conduisent au Palatinat, à Strasbourg, et vers Deux-Ponts, sont passables; mais les autres sont moins bonnes.

On y élève quelques moutons d'une grosse espèce, des vaches, des porcs, des chevaux de petite race.

Ses belles forêts ont été dégradées par les armées en l'an II: excepté dans les environs de Weissem. bourg, le sol du canton est d'un très-médiocre rapport.

41e. CANTON DE WOLFSKIRCH.

Situé dans la chaîne des montagnes près du déparsement de la Meurthe, composé de 9 communes, qui sont: Bærendorf, Burbach, Eschweiler, Gœrlingen, Hirschland, Kirrberg, Pistorf, Rauweiler, Wolfskir. chen, dont la population étoit, selon l'état de l'an VI, de 2,913 ames; il a été créé depuis la suppression des districts. Le chef-lieu est à 6 myriam. ou 15 lieues de Strasbourg.

On y cultive toutes les denrées du département, excepté le tabac et la garance; les vignes ne donnent que peu de vin; et il est de mauvaise qualité.

On y élève peu de moutons, un assez grand nombre de vaches, des cochons, et des chevaux de petite race.

Des forêts couvrent le voisinage; les routes pour Saar-Union et Strasbourg sont assez bonnes; mais elles le sont moins pour les communications d'un village à l'autre. L'hiver est long dans cette contrée: il y a peu de ressources; mais les habitants ont peu de besoins.

CHAPITRE III.

DES besoins de première nécessité calculés d'après lès climats des divers cantons du département; de la répartitions des contributions.

LES cantons doivent être distribués au moins en trois classes, qu'on distingue par des nuances bien sensibles : les bons, les médiocres, et les pauvres; ou les plus chauds, les tempérés, et les plus froids, dont voici la population respective.

Tableau

TABLEAU DES TROIS CLASSES DE CANTONS DU DÉPARTEMENT,
pour servir à établir la répartition des contributions, en raison de leurs ressources respectives.

Nº.	BONS, ou LES PLUS CHAUDS.		Nº.	MÉDIOCRES, ou TEMPÉRÉS.		Nº.	PAUVRES, ou LE PLUS FROIDS.	
1.	Bar. popul.	14,766.	3.	Bergzabern	6,528.	9.	Dahn	4,412.
2.	Benfeld	9,000.	4.	Billigheim	7,126.	10.	Diemeringen	4,700.
5.	Bischweiler	14,648.	13.	Fort-Vauban	6,552.	11.	Drulingen	4,500.
6.	Bouxweiler	10,513.	15.	Haguenau *int. m.*	8,600.	17.	Harskirch	4,792.
7.	Brumath	9,700.	16.	Haguenau *ex. m.*	5,500.	29.	Petite-Pierre	4,128.
8.	Candel	9,042.	19.	Ingweiler	8,880.	30.	Rosheim	9,500.
12.	Erstein	9,018.	23.	Marmoutier	8,000.	38.	Willé	10,173.
14.	Geispolsheim	12,000.	25.	Niederbronn	20,444.	41.	Wolfskirch	2,913.
18.	Hochfelden	10,000.	31.	Saar-Union	3,648.			
20.	Landau	16,461.	32.	Saverne	13,589.			
21.	Lauterbourg	13,000.	33.	Sélestat *int. mur.*	7,000.			
22.	Marckolsheim	11,000.	34.	Sélestat *ext. mur.*	12,000.			
24.	Molsheim	20,474.	35.	Soultz	17,405.			
26.	Oberhausbergen	9,900.	37.	Truchtersheim	5,986.			
27.	Obernai *int. mur.*	6,000.	39.	Wasselonne	15,041.			
28.	Obernai *ext. mur.*	7,500.	40.	Weissembourg	20,000.			
36.	Strasbourg	67,000.						

On a vu que le total de la population, en l'an Ier. de la République, étoit de........ 418,132 indiv.

Celui de l'an **VI**, y compris les étrangers, est de.................... 461,692. (1).

On pourroit subdiviser chacune de ces classes en trois parties: car dans les bons cantons, se rencontrent des communes bien inférieures pour la qualité; dans les médiocres et les pauvres, certains endroits valent les meilleurs.

Dans cette classification on n'a eu égard qu'à la majorité.

Ainsi, quand nous avons reconnu que, dans un canton composé de 20 communes, par exemple, il y en a 15 de pauvres, 3 de médiocres, et 2 de bonnes, nous l'avons rangé dans la classe des pauvres, parce que les 3/4 des habitants le sont, et que nous ne l'avons pas voulu démembrer. Nous avons suivi la même règle pour chacun d'eux.

Dans les bons pays, placés sous une douce température, les besoins de première nécessité, tels que l'habillement, la nourriture, le chauffage, sont moins grands et moins coûteux; les travaux du laboureur sont plus suivis et plus faciles; la terre est plus féconde; les commodités de la vie sont plus communes; les arts, les sciences et le commerce y multiplient les jouissances.

---

(1). *En déduisant les étrangers et la garnison, il resteroit environ 450,000 individus: il en résulteroit que, malgré la guerre, la population auroit augmenté de 31,868 ames, dans un laps de temps de cinq années.*

Dans ces heureuses contreés, les habitants des villes se créent des besoins bien plus dispendieux que ceux de première nécessité. Mais il n'en est pas de même dans les villages des bons cantons : le goût du luxe n'y a guères pénétré, quoiqu'il y règne une honnête aisance.

L'ameublement, le costume, la table, sont les mêmes pour les domestiques et pour les maîtres; l'éducation de la servante ne diffère pas de celle de la maîtresse, dans plusieurs cantons, tels que Geispolsheim, Erstein, Marckolsheim, Hochfeld, &c.

Les habitants n'ont encore pu se défaire de leur rustique grossièreté, tandis qu'elle a été bannie de contrées plus pauvres.

Leurs besoins sont à-peu-près les mêmes que ceux de leurs pères qui vivoient il y a cinq ou six siècles.

On ne peut pas dire que les richesses ont introduit chez eux la mollesse ou des besoins factices.

Un paysan des cantons de la 1ere. classe dépense par an :

Dans les cantons non vignobles, trois cent quarante-cinq francs, ci.................................... 345 fr. (1).

Dans les vignobles, quatre cent quatre-vingt francs, ci................................ 480

Dans les cantons médiocres, quatre cent quarante francs, ci.............................. 440

Dans les cantons pauvres et froids, trois cent francs, ci................................... 300.

____

(1). 1°. *Habits*, 90 *francs*; 2°. *nourriture*, 200 *francs*; 3°. *divers autres objets*, 55 *francs*; *ensemble* 345 *francs*.

Les femmes de chacun des cantons susdits dépensent un tiers de moins que les hommes.

Les paysans, loin d'imiter les Strasbourgeois, qui sur-tout, depuis la révolution, suivent d'assez près le goût des Français, ne s'attachent qu'aux choses d'une nécessité indispensable.

L'un des premiers besoins est d'avoir de grands bâtiments, granges ou remises pour loger leurs récoltes, vû qu'elles sont volumineuses; telles que les fourrages, les gerbes de bled, les chanvres, les tabacs en feuille, le colza, &c.

La garance exige des sécheries pour être préparée, des moulins pour être réduite en poudre.

Ces bâtiments coûteroient de grandes sommes dans le midi de la France : ici, à l'exception du toit, ils sont d'une construction péu dispendieuse, malgré leur étendue, parce que la carcasse est faite de bois, pris à-peu-près gratis dans les forêts communales, et enduit de terre grasse. Les bâtiments uniquement destinés pour la culture, sont rarement en pierre.

Quoique les terres soient généralement légères dans le Bas-Rhin, et qu'avec la moitié moins de chevaux que dans le département de la Meurthe et plusieurs environnants, on puisse faire autant de labour; les habitants ne laissent pas de dépenser beaucoup pour se procurer ailleurs la plupart des chevaux, des bœufs, des vaches qui leur sont nécessaires ; parce que les élèves qu'ils font ne sauroient leur suffire. C'est une erreur du vulgaire ou une fausse opinion de la plus grande partie des habitants de ce département, que d'imaginer qu'ils ont chez eux tout ce qu'il leur faut, et qu'ils pourroient se passer des autres; puisqu'ils manqueroient non-seulément des choses d'un besoin secondaire, mais encore de celles de première nécessité. En voici la preuve :

1°. La petite saline de Soultz, la seule du département, ne pouvant fournir à leurs besoins, ils sont obligés d'avoir recours aux autres.

2°. Les usines à feu , les manufactures, les brasseries, les ménages, les échalas de vignes, les ponts, les bâtiments, les bateaux , les chars pour les armées et l'agriculture, les arsenaux, les troupes, les hôpitaux, &c. consomment tant de bois de chauffage ou de construction, qu'il est d'une cherté excessive, et que les 19,000,000 ares de forêts du Bas-Rhin sont insuffisantes. Le département des Vosges et autres voisins, même les pays de la rive droite, en complètent l'approvisionnement.

Le haut prix où est aujourd'hui cette marchandise, est une preuve que les 19,000,000 ares de forêts qu'il y a dans le département sont insuffisantes.

3°. La plus grande partie de la viande de boucherie;

4°. Les vaches et partie des animaux nécessaires à à l'agriculture;

5°. Partie des avoines et autres grains;

6°. Les épiceries ;

7°. Les drogues;

8°. Partie des étoffes nécessaires ;

9°. Le beurre, &c.; leur viennent des départements de la Meurthe, de la Moselle et des Vosges.

10°. Enfin, une quantité d'objets, dont nous avons fait mention dans le chapitre II, à l'article du commerce de Strasbourg, sont tirés de l'étranger.

L'an Ier., le département payoit, tant pour les contributions foncières que mobiliaires, y compris les charges locales, 3,615.525 francs; (*ce qui revient à 8 francs 65 centimes par individu, pris indistinctement*).

S A V O I R :

Du district de Strasbourg, 110,548 individus.

Contribution foncière.	899,125.	} 1,239,075 fr.
Mobiliaire..........	339,950.	

A 11 fr. 20 c.

Du district de Benfeld, 93,414 individus.

Foncière............	749,750.	} 850,240
Mobiliaire..........	100,490.	

A 9 fr. 10 c.

Du district d'Haguenau, 93,209 individus.

Foncière............	859,250.	} 955,970
Mobiliaire..........	96,720.	

A 10 fr. 24 c.

Du district de Weissembourg, 120,961 individus.

Foncière............	453,500.	} 570,240
Mobiliaire..........	116,740.	

A 4 fr. 70 c.

T O T A L.............. 3,615,525

Il existe peu de pays où il soit aussi difficile d'établir une équitable répartition des contributions foncières, à cause de la variété des mesures agraires, appelées arpents ou acres; car dans le même canton, on en trouve qui sont deux, trois, quatre et cinq fois plus grands qu'un autre de même dénomination.

Il y en a de 3,100. 3,500. 4,000. 4,500. 5,500. 6,000. (1). 6,500. 7,000. 16,000. mètres carrés.

Il seroit impossible de bien asseoir les contributions foncières, sans procéder à un nouveau cadastre du département, et y faire adopter une mesure uniforme.

Sans cela, il régnera toujours de l'arbitraire, de la partialité, ou des erreurs grossières.

Delà, naissent le mécontentement, la mésintelligence entre les administrateurs et les administrés ; Cela peut encore décourager de la culture des terres.

---

(1). *Cette mesure de 6,000 mètres pourroit être regardée comme l'arpent moyen des terres du département.*

CHAPITRE

CHAPITRE IV.

A quoi sont propres les classes respectives des cantons, d'après leur position physique et morale. S'il y a possibilité d'établir concurrence avec l'Angleterre ou avec toute autre nation rivale, sous des rapports industriels et commerciaux. Des moyens à prendre pour y parvenir en certains genres. La plus ou moins grande célérité dans le service de tous les établissements qui facilitent les communications générales de la société, influe plus ou moins sur ses progrès dans la connoissance de ses moyens de prospérité. De la force départementale, disponible pour le service de l'État.

L ᴇ s cantons de première classe sont bien supérieurs dans l'agriculture à plusieurs autres départements. Outre leur bonne manière de cultiver, ils forment de sages spéculations, en se procurant des récoltes variées de 18 à 20 espéces de denrées principales, d'une consommation assurée. Celui qui n'a que l'espérance de récolter du vin, est souvent embarrassé pour vivre, quand l'année ne lui est pas favorable; mais il est rare que celui qui récolte du froment, de l'orge, du chanvre, du colza, du pavot, de la navette, du tabac, de la garance, de la moutarde, des pommes de terre, du maïs, des choux de conserve, des légumes secs et autres, des fourrages de toute espèce, &c. manque d'aisance, vû que les unes ou les autres de ces denrées la lui donnent. D'ailleurs, quand il n'y a qu'une partie des terres destinée pour les bleds, le grain qu'on y récolte se vend plus cher. C'est

E

ainsi que le cultivateur calcule dans ces contrées, où il reste peu de progrès à faire, pour arriver au plus haut degré où puisse être portée l'agriculture, indépendamment de ces ressources.

Il y a deux genres de manufactures, qui étant perfectionnées, peuvent former des branches considérables de commerce, et entrer en concurrence, 1°. pour la quincaillerie de fer, de cuivre, d'acier, avec les fabriques d'Angleterre et d'Allemagne, c'est celle du Klingenthal. Les moyens d'y parvenir, sont: d'accorder à ladite manufacture qui est au canton d'Obernai (*ext. muros*), l'entière liberté de travailler pour le commerce, toutes les fois que les besoins de la République, relativement à la fourniture des armes blanches, n'en souffrira pas ; de former autant d'élèves qu'elle jugera à propos ; il faut encore y faciliter l'établissement de quelques autres artistes modeleurs, graveurs, tourneurs, dessinateurs, ciseleurs, doreurs, &c. une dixaine d'ouvriers en chef dans ces genres, avec les 400 ouvriers environ, martineurs d'acier, forgerons, trempeurs, polisseurs ou fondeurs qui s'y trouvent, formeroit un assortiment d'hommes capables de confectionner, dans le même endroit, une infinité d'articles de quincaillerie que la France a tirés jusqu'à présent de l'étranger. Il est à observe que ce n'est pas un nouvel établissement qu'on propose; mais seulement des moyens pour pouvoir en soutenir un qui existe depuis plus de 60 ans. On y trouve tous les bâtiments avec les dépendances nécessaires, et d'excellents ouvriers qui n'auroient besoin que d'encouragement pour travailler avec succès, et à qui on fourniroit de temps à autre des échantillons ou modèles les plus nouveaux des manufactures de Birmingham, (1).

____

(1). *Ville d'Angleterre où se fabrique la belle quincaillerie.*

afin qu'ils pussent les imiter, les surpasser même, s'il étoit possible. Des négociants et des voyageurs devroient leur procurer des débouchés, notamment dans les premières années, jusqu'à ce que leurs ouvrages fussent bien connus, et leur réputation bien établie. (1).

2°. *Des toiles dans les cantons où on cultive les chanvres.*

Jusqu'à présent la plus grande partie des chanvres employés dans les fabriques de toiles fines, en Suisse, ont été fournis par les ci-devant Alsaciens. S'il est reconnu qu'il soit impolitique de laisser sortir des matières premières d'un pays industrieux, le Gouver_nement feroit bien d'en défendre l'exportation si le département du Bas-Rhin manquoit de bras pour les convertir en toiles de même qualité que celles de Suisse, on y pourvoiroit par les Vosgiens, qui n'ayant que très-peu de terres à cultiver, pourroient s'occuper de cette fabrication. Alors, au lieu d'acheter ces objets chez les Suisses, il seroit possible de leur en vendre ainsi qu'à d'autres étrangers ; mais il faudroit atteindre pour cela le même degré de perfection dans toutes les parties de la fabrication, du blanchiment, de l'apprêt ; encourager les fabricants des cantons de Geispolsheim et de Bichweiler, à faire des efforts pour se perfectionner dans ce genre d'industrie. (2).

Les frais et le temps qu'on emploie pour le transport des marchandises d'une modique valeur, supportés en dernière analyse par les consommateurs, déterminent

(1). *Cette manufacture lutteroit avantageusement avec celles d'Angleterre ; car la quincaillerie de ce pays fait* 12 *pour* 100 *de frais de transport, sans compter les droits d'entrée en France ; et la main-d'œuvre y coûte* 80 *pour* 100 *de plus que dans les départements du Rhin.*

(2). *En Suisse, la main-d'œuvre est de* 33 *pour* 100

souvent la concurrence. On ne sauroit donc trop faciliter et assurer toute espèce de transports, l'établissement des canaux des routes de communications ; leur donner célérité et régularité de service économiques. Sous un autre point de vue, comme les endroits où les fabriques se multiplient, attirent les voyageurs, les artistes, les curieux, les ouvriers étrangers, ce concours amène insensiblement la perfection des sciences et des arts. Par ces moyens, on peut, sinon pour d'autres articles, au moins pour les deux dont nous venons de parler, établir concurrence avec les fabriques d'Angleterre, d'Allemagne et d'Helvétie,

De la force publique.

Sans épuiser les bras destinés à l'agriculture, sans dépeupler les ateliers du département, on peut y lever 15,000 hommes pour le service de l'état, en temps ordinaire, et jusqu'à 20,000 dans le besoin, indépendamment de la garde nationale sédentaire. Les hommes sont généralement beaucoup plus disposés pour la cavalerie légère que pour un autre service.

CHAPITRE V.

DES *forêts nationales, communales et particulières ; des terres en friche, de la chasse, de la pêche, des moulins à farine, à eau.*

ON trouve, par l'état de l'an VI des administrations forestières du département, qu'il y a 385,674 arpents

---

plus chère que dans ces deux cantons. Avant la révolution, les fabricants de cette contrée fesoient filer dans la Lorraine et la Haute-Alsace. A l'aide de ces filatures, ils tissoient, blanchissoient et apprêtoient chez eux des toiles qu'ils vendoient à la France avec grand bénéfice.

ou 19,700,810 ares de forêts nationales ou communales, indépendamment des bois particuliers de peu d'étendue; elles consistent en pin, chêne, bouleau, sapin, bois blanc, et sur-tout en hêtre. On y trouve aussi de petites plantations de châtaigniers.

Dans l'intervalle de dix ans, il y a eu des dévastations si énormes dans cette partie, que l'on croit pouvoir estimer cette branche de revenu public, réduite à la moitié de son produit précédent. On présume que, si des lois sévères contre les dilapidateurs et les dévastateurs ne sont pas bientôt exécutées, ou qu'il ne soit enfin établi un meilleur mode dans la partie administrative conservatrice, son rapport se trouvera très-mince dans quelques années.

Il y a des fonds de terres communaux, dont le partage n'a point été fait à l'époque où il a été permis. Ces terrains sont en partie indivis entre les diverses communes d'un arrondissement. Le mode de partage a suscité des difficultés entre les habitants: les petites communes prétendoient partager tout comme les grandes, sauf à faire des sous-divisions individuelles; les autres qui avoient plus de population, prétendoient que le partage devoit avoir lieu par tête. Ces différends ont été cause que plusieurs communes sont restées dans le même état qu'avant la révolution; c'est-à-dire, que leurs biens sont à-peu-près abandonnés. Telle est la grande plaine appelée la Hart, qui côtoye le canal de la Bruche, à laquelle sept à huit communes limitrophes ont des droits; la grande prairie attenant à Crasweiler, à laquelle cette commune ainsi que celles de Moutzig et de Dintzeim en ont également; plusieurs autres endroits du département se trouvent dans le même cas.

Il y a plusieurs grandes forêts indivises entre diverses communes, où chacun tâche de puiser le plus et de mettre le moins qu'il peut. Mais les terrains qui ont été partagés, sont bien cultivés et d'un bon rapport.

Certaines communes ont aujourd'hui un quart d'augmentation de denrées par les défrichements des biens communaux, qui jadis ne produisoient presque rien.

Dans les an II, III et IV de la République, les denrées de première nécessité et notamment le bled étoient à des prix excessifs ; les habitants de Strasbourg et de quantité d'autres communes ont cultivé énormément de pommes de terre, de haricots, &c. sur leurs sols communaux, et se sont par-là sauvés de la famine qui les menaçoit.

La chasse étoit d'un revenu assez considérable dans la ci-devant Alsace. A l'époque de la révolution, toute espèce de gibier fut entièrement détruite. Dans la IIe année, les chasseurs, ne trouvant plus dequoi s'indemniser de leurs peines, se sont presque tous dégoûtés. En l'an V, on a commencé à s'apercevoir que plusieurs petites espèces de bêtes sauvages se sont multipliées ; mais les sangliers, les chevreuils, tout le gros gibier qui étoit très-abondant, est devenu très rare.

L'usage des moulins à vent est inconnu dans le Bas-Rhin ; mais les moulins à eau pour la farine y sont extrêmement nombreux, parce qu'il en faut quatre, pour rendre autant de farine qu'un seul dans les autres départements ; il faut donc trois fois plus de ces machines, trois fois plus d'ouvriers, tels que meûniers, charpentiers, voituriers, &c. Cela vient de ce que les meûniers ne veulent point se servir des meules de Champagne, et qu'ils font seulement usage de celles d'une espèce de pierre de sable, qui a un grain approchant du grès le plus commun et le plus dur. Ces meules devant être repiquées tous les deux jours, à cause de leur friabilité, les parties sablonneuses qui en échappent se mêlent avec la farine. D'ailleurs elles ne peuvent moudre que des grains humectés; aussi les meûniers versent environ six livres d'au sur cent livres de bled, et après l'avoir bien brassé, le mettent au moulin. La farine qui en provient est belle, mais humide, et se moisiroit bientôt, si on n'avoit pas soin de la brasser et aérer très-souvent. C'est ce qui empêcheroit d'en faire le commerce avec des pays lointains; car si on la laissoit plus de 18 à 20 jours dans des barils, sans les ouvrir, elle seroit gâtée. On peut tout au plus en expédier à 150 lieues de distance, à moins qu'on n'ait la précaution de la faire bien sécher à un soleil ardent, avant de l'embariller.

La pêche du Rhin pourroit être actuellement considérée comme une branche de revenu public, puisque la République a ôté aux communes et aux princes de la rive gauche, les droits dont ils jouissoient.

C'est une assez grande ressource pour le peuple de Strasbourg en particulier, que la pêche du Rhin, de la Bruche, de Lill et quelques autres rivières: le poisson qu'on y consomme supplée à la viande de boucherie; sans cela il en faudroit environ un sixième de plus pour alimenter le département.

CHAPITRE VI.

Des foires, marchés, halles au bled, des sommes de numéraire présumées en circulation dans les temps ordinaires.

STRASBOURG a deux marchés par décade, et deux grandes foires par an; l'une au 5 Nivose, l'autre au 5 Messidor. Elles durent chacune 15 jours; les Suisses et les Allemands sont à-peu-près les seuls négocians étrangers qui s'y rendent habituellement.

Les départements de la Moselle, de la Meurthe, du Haut-Rhin, des Vosges, du Mont-Terrible et du Doubs, quelques maisons de Lyon et de Paris, composent ces foires. Les autres sont:

A Barr, 23 Brumaire et 11 Floréal; durée deux jours.

A Haguenau, 25 Frimaire, 15 Pluviose, 16 Floréal et 1er- jour complémentaire; durée trois jours.

A Landau, 21 Brumaire, 15 Floréal et 25 Fructidor.

A Obernay, 3 Prairial et 27 Thermidor; celles-ci et les marchés décadaires fournissent l'approvisionnement le plus considérable des bestiaux nécessaires à l'agriculture, au roulage et aux boucheries.

A Wasselonne, 1er. Fructidor.

A Weissembourg, 24 Frimaire, 24 Ventose, 24 Prairial et 24 Fructidor.

Il y a plusieurs autres foires, mais si peu importantes qu'elles ne méritent pas d'être citées. Toutes les autres, comparées à celles de Strasbourg, ne sont que des espèces de marchés. Les marchandises les plus recherchées aux foires de cette ville, sont:

Fines toiles blanches de chanvre ou lin, provenant de la Suisse, mousselines ou toiles de coton, claires, unies, façonnées, de toute qualité, de Saint-Gall, de Zurich, &c., indiennes ou toiles peintes de Neuchâtel, Basle, Mühlaussen, Colmar et autres lieux du département du Haut-Rhin, très-connus par leurs belles fabrications en tout genre d'impressions; articles de l'Inde, mous-

selines de toute espèce, nankin, rubannerie de Basle,
bonneterie, toiles rayées de fil et de coton, connues
sous le nom de siamoises, mouchoirs, fil et coton
teints, sur-tout des fabriques de Sainte-Marie-aux-
Mines, et de quelques autres d'Allemagne.

Horlogerie des fabriques Suisses et Allemandes ;
quincaillerie et mercerie ordinaire et mi-fine des fabriques d'Iserlon, Nuremberg et de quelques autres
contrées, fer du pays, taillanderie des lieux voisins ;
soieries de Lyon, Nîmes, d'Italie, gazes, bijouterie,
quincaillerie et meubles fins, modes de Paris ; chamoiserie, gants de Lunéville, façon de Grenoble, cuirs
et pelleteries du Nord ; draperies de Verviers,
Montjoie, Rheims et Amiens, ratines et draps
communs de la Meurthe et du pays ; vins du
Haut-Rhin, eaux-de-vie communes de Bourgogne
et Franche-Comté, épiceries et drogueries; en outre
beaucoup de denrées du pays, comme chanvres
préparés, cordages, tabacs, garances fabriquées,
amidons, toiles communes, colle forte, azur, graines
potagères, houblons d'Allemagne, et divers autres
articles peu importants.

On estime qu'en temps de paix il se fait pour
3 et demi à 4 millions d'affaires à ces foires; quelques
années avant la révolution, les affaires y étoient plus
considérables.

Dans le Bas-Rhin, on ne connoît pas l'usage des
halles pour la vente des bleds. On expose les grains et les
légumes secs sur les promenades ou dans les lieux
découverts ; les fréquentes pluies de l'hiver mouillent
ces denrées ; à la fin des marchés, on les remise dans les

mêmes sacs, où elles contractent souvent un goût de moisi ou de renfermé, causé par l'eau dont ils sont imbibés. Les cultivateurs n'y perdent pas ordinairement, parce que les grains étant gonflés par l'eau, leur font gagner la 3o ou 3.5^e partie au mesurage.

En l'an **VI**, les habitants de Dijon, ayant reconnu l'avantage d'avoir une halle au bled, ont destiné l'Eglise ci-devant Cathédrale de leur ville pour les marchés aux grains et farines. Si, à leur exemple, les habitants du Bas-Rhin vouloient des halles, ils trouveroient, dans plusieurs villes, d'anciens édifices propres à remplir leurs vues.

Il circule en tout temps plus de numéraire dans ce département que dans ceux qui l'avoisinent. En 1789, on estimoit cette circulation à 6o ou 70 francs par individu, de tout âge, de tout sexe: ce qui approcheroit de 3o à 35 millions de francs pour tout le département, sans compter ce que la République peut y verser par circonstance, en temps de guerre, pour les besoins des armées, &c.

CHAPITRE VII.

DES hospices civils et militaires, des ateliers de charité, de la mendicité, de l'influence des diverses religions, du progrès des lumières, du produit général du travail que chacun doit porter à la société, et sur la force publique,

IL y a 13 hôpitaux civils dans le département; savoir:

Hospice civil, des orphelins, des enfans de la patrie, à Strasbourg; hospices civils, à Bouxweiler,

au Fort-Vauban, à Haguenau, à Landau, à Molsheim,
à Obernai, à Boersch, à Rhinau, à Sélestadt, à
Weissembourg, un dans chacune de ces communes.
Pour les militaires on peut citer le grand hospice,
à Strasbourg, un à Haguenau, l'un et l'autre d'une
architecture moderne; ils méritent d'être vus. Ceux de
Landau, Weissembourg, sont de petite importance.
Indépendamment des hospices militaires déjà fondés,
on a, depuis la guerre pour la liberté, converti à
Strasbourg divers bâtiments nationaux en hôpitaux
ambulants: tels sont le presbytère de Saint-Thomas,
le couvent de Sainte-Marguerite, &c. hors de la ville,
la ci-devant Abbaye d'Altorf, la Collégiale de Molsheim,
à Obernai, &c. et plusieurs ambulances répandues
dans le département.

Il y a quelques ateliers de charité, des maisons
pour la retraite des pauvres, ci-devant bourgèois de
Strasbourg, auxquels étoient attachés des revenus.
On en trouve les détails dans une brochure intitulée:

„ Rapport de l'administrateur des établissements
„ publics fait au corps municipal de Strasbourg, en 1791,
„ ouvrage très-exact. „

L'administrateur étoit le citoyen *Turckheim*, homme
d'une telle probité, que, si tous les établissements de ce
genre étoient administrés avec l'ordre, l'économie, et
la délicatesse qu'il y a mis, la République gagneroit
quelques millions de francs, et les besoins des pauvres
seroient satisfaits.

Le mode établi pour l'administration des hôpitaux
civils, par la loi du 16 Vendémiaire an V, pourroit

avec le temps introduire les mêmes principes dans tous ces établissements.

Des pauvres et de la mendicité.

Dans quelques contrées du nord, il y a six classes d'habitants malheureux, 1°. Les pauvres honteux, gens honnêtes, mais qui ont éprouvé des malheurs; 2°. des vieillards décrépits; 3°. des orphelins dans l'enfance; 4°. des estropiés; 5°. des enfans trouvés en bas âge ; 6°. des mendiants de profession, sans asyle, attaqués de maladies incurables, ou créés par la paresse, le désœuvrement ou l'immoralité. On les évalue à deux et demi pour cent sur la population en masse. En prenant cette base, cet ensemble formeroit dans le Bas-Rhin environ 10,000 individus à la charge publique, sur lesquels il n'y en a pas 500 qui travaillent régulièrement, et 500 autres qui le puissent par intervalle le quart ou la moitié de la journée. La plupart des autres pourroient devenir utiles, si on leur donnoit de l'occupation relativement à leurs forces, à leur génie, et qu'on domptât par la discipline ou par la nécessité ceux qui ne manqueroient que de bonne volonté. Il n'est pas douteux que des ateliers bien administrés, pour tirer tout le parti possible du temps que perd cette partie de la société, faute de bonne police, pourvoiroient entièrement à sa subsistance et au-delà.

Il y a quatre maisons d'arrêt, ou prisons, une pour chaque directeur de Jury d'accusation; elles sont à Barr, à Saverne, à Wissembourg et à Strasbourg. Il y a aussi, pour les quatre tribunaux criminels du département, quatre maisons de justice divisées en maisons de réclusion pour les femmes, en maisons de force ou de détention pour les hommes condamnés aux fers; d'autres pour ceux qui sont condamnés par la police correctionnelle.

Depuis le commencement de la révolution jusqu'en l'an **VI**, on a vu souvent confondre pêle-mêle dans les mêmes prisons, des accusés avec des criminels de tout sexe, entassés dans des lieux où l'on pouvoit à peine respirer. Il paroît qu'on s'occupe à disposer d'autres bâtiments pour éviter cette confusion et remédier à l'insalubrité de l'air.

Dans les pays où on parle vulgairement la langue Allemande, on trouve un genre de mendicité auquel on n'attache point de déshonneur. Ici ce sont des ouvriers de diverses professions qui vont faire leur tour de pays pour se former avant que de s'établir: il ne faut point s'étonner de voir des jeunes gens très-bien mis, portant manchettes, montre, canne, élégants pour leur état, ayant sur le dos un sac bien muni d'habillements &c., venir tirer effrontément la sonnette d'une porte, pour vous demander la charité, comme si c'étoit une dette qu'ils pussent exiger: c'est ce qu'on appelle *la passade*. Ils vont aussi chez les maîtres des arts ou métiers qu'ils professent, et en sont bien reçus. Nombre de ces ouvriers finissent par embrasser la profession de mendiant.

Les Juifs qui composent à-peu-près la vingt-cinquième partie de la population de ce département, ont presque un tiers de l'année en fêtes; dans les autres deux tiers, ils ne portent aucun travail manuel à la masse générale; en effet, ils n'exercent aucune profession, excepté le commerce, ou plutôt le brocantage et l'agiotage; ils ne sont pas propres à la guerre, parce qu'ils sont lâches, et qu'ils pourroient communiquer aux autres soldats la gale dont ils sont généralement infectés. Il est donc évident que cela diminue d'un vingt-cinquième la force publique départementale, et la somme de travail qu'on pourroit attendre d'un peuple cultivateur ou manufacturier.

Les Anabaptistes ne fournissent pas non plus de combattants, sous prétexte que la religion leur défend de se battre et de verser le sang. Cette morale est sublime; mais pour pouvoir être mise en pratique sans danger, il faudroit que tout le genre humain la suivît; qu'aucun despote, qu'aucun ambitieux ne fût jaloux de la liberté des peuples. Sinon, les partisans de cette doctrine seroient infailliblement égorgés par leurs agresseurs.

Cette secte n'est pas nombreuse dans ce département, et diminue peu sa force armée; d'ailleurs elle dédommage en quelque manière la société par l'agriculture et l'éducation du bétail à quoi elle se livre entièrement.

Les différentes religions influent sur l'avancement des sciences, des arts et des métiers. En effet les enfants des Catholiques non conformistes, des Juifs, des Anabaptistes, ne peuvent profiter du bienfait de l'instruction publique, parcequ'ils s'éloignent des écoles républicaines; ou s'ils les fréquentent, ils font des progrès plus lents, parcequ'ils s'en absentent les jours de leurs fêtes religieuses respectives. Ces congés joints à ceux des décades et autres fêtes républicaines, leur occasionnent une plus grande perte de temps qu'aux autres écoliers, et les empêchent de recueillir autant de fruit des leçons des instituteurs. Par la même raison, leurs parents travaillent moins pour la société, et lui procurent de moindres avantages.

CHAPITRE VIII.

DES places fortes et des fortifications; observations sur les établissements créés pour leur fournir les pièces d'artillerie, &c. de l'architecture, des édifices et monuments remarquables dans le Bas-Rhin.

STRASBOURG avec sa citadelle, Landau et le Fort-Vauban, tiennent le premier rang entre les places fortes; Weissembourg, Lauterbourg, Haguenau et Sélestadt sont en sous-ordre. Elles sont construites suivant le système du célèbre Ingénieur *Vauban.* Kehl et Auenheim outre Rhin, sont des places qu'actuellement on fortifie de nouveau. Le fort Vauban, en l'an II, fut presque totalement détruit par les ennemis : on y fait les réparations les plus urgentes, en attendant qu'on puisse le rétablir dans son ancien état.

Les ateliers de construction qui dépendent de l'arsenal de Strasbonrg, confectionnent ou fournissent presque tout ce qui est nécessaire aux autres places fortes du département. La République occupe dans ces ateliers, des compagnies d'ouvriers, tels que charrons, artificiers, forgerons, &c. qui ont parmois certains appointemens. On croiroit difficilement qu'ils puissent utilement employer d'aussi énormes quantités de fer, de bois, et autres matières premières relativement aux pièces qui en sortent.

(80)

Nous estimons que ces objets coûtent à la République,
90 pour 100 de plus, que s'ils étoient faits à l'entreprise.
On a tort d'avancer que ces ouvrages doivent être
faits à la journée; que des soumissionnaires leur don-
neroient moins de solidité et de perfection; qu'il ne
faut tenir compte ni du temps, ni de la matière
première, mais songer uniquement à la bonté de
l'ouvrage; car il seroit facile de démontrer qu'on
obtiendroit, à un grand tiers de moins, des mêmes
ouvriers, de pareilles fournitures ausssi parfaites;
c'est-à-dire, qu'en adoptant l'adjudication au rabais,
sur des modèles tels qu'on les pourroit désirer, la République payeroit avec deux cent mille francs ce qui
lui en coûte au moins trois cent mille, par la prétendue
économie actuelle des ateliers de l'arsenal.

La fonderie des bouches-à-feu, dirigée par le citoyen
Dartin, est également susceptible d'une administration
bien plus économique. Indépendamment du prix de
tant par livre pour chaque pièce de canon, on lui passe
huit pour cent, à cause du déchet occasionné par
la fonte des cuivres. Dans le même établissement
on fond les balles et on fore les pièces. Cette forerie
devient très-dispendieuse par le nombre de chevaux
qui sert à la faire rouler. (1) Avec une chûte d'eau
de sept à huit pieds, la forererie ne cesseroit de
jouer, l'ouvrage seroit suivi, et bien moins coûteux.

Quand on a vu la simplicité des machines de Birmingham, la quantité et la perfection des ouvrages qui en

____

(1). *En l'an II, le citoyen* Dartin *y employoit quarante-
trois chevaux, qui coûtoient plus de 70 francs par jour,
tandis qu'il pourroit établir une forerie par eau, aux
grands-moulins, dans la ville.*

prov18nnent

proviennent, la manufacture du Mont-Cénis dans la ci-devant Bourgogne, on est étonné qu'à Strasbourg ces sortes d'établissements soient si compliqués et si dispendieux. On a de la peine à se persuader que les uns et les autres existent, dans le même siècle, chez des peuples qui ont pu se communiquer leurs talents avant 1790.

De tous les édifices anciens du département, on ne peut citer que la cathédrale de Strasbourg, l'un des plus hardis et des plus élevés monuments de l'Europe; la flèche sur-tout est un chef-d'œuvre. L'architecture civile y étoit du plus mauvais goût, ou plutôt il n'y en avoit point, avant la conquête de Louis XIV. On voit encore aujourd'hui quantité d'anciennes maisons d'une difformité frappante, qui avancent dans la rue de 5 à 6 pieds au premier étage, et d'autant au second. Depuis la fin du 16ᵉ siècle, on a obligé ceux qui ont réparé ou bâti des maisons, de les tenir dans l'alignement.

Entre les édifices modernes, on distingue la nouvelle maison commune, ci-devant l'évêché; le mausolée en marbre du Maréchal de Saxe, (1). dans le temple Saint-Thomas; plusieurs hôtels d'un assez bon goût, tels que ceux de Deux-Ponts, Darmstadt, Neuviller, du Département, ci-devant l'Intendance, l'hôtel du Buisson, &c.; six casernes vastes et bien bâties. Tous les bâtiments remarquables ont été dirigés par des Architectes Français sous les Intendants.

____

(1). *Il a été sculpté par* Pigal, *et transporté de* Paris.

F

CHAPITRE IX.

Etat approximatif du montant de tous les objets que le département achète dans les autres, et qui font partie de ses besoins généraux pour sa consommation particulière.

Quand un peuple parvient à l'aisance, par l'augmentation de son agriculture, la civilisation fait naturellement des progrès; il se crée insensiblement de nouveaux besoins qu'on appelle de luxe, mais qui par l'habitude deviennent besoins de première nécessité. Il semble que le but de la nature ait été de former entre les peuples des rapports et des liaisons plus intimes, et de rendre, par des besoins mutuels, les habitants d'un continent, tributaires de ceux d'un autre. L'heureuse position du département du Bas-Rhin, la rapidité des progrès que l'agriculture y a faits depuis un siècle, l'argent que les anciennes guerres y ont répandu, sont les principales causes de l'aisance qui y règne. Le goût du luxe s'est introduit à Strasbourg par la conquête des Français, qui, après y avoir établi leur gouvernement, y ont apporté leurs mœurs, leurs usages et leur langue. Ce département tire des autres non-seulement une partie de ses objets de luxe ou de fantaisie, mais encore une partie de ceux de première nécessité. Voici en quoi consistent ces deux sortes de besoins.

1°. Sel. Quatre cent cinquante mille individus,
à dix-sept livres de
sel pour chacun.... 76,500
Pour les animaux.. 4,000 } 81,000 qx.
Pour saler les cuirs
verts des boucheries. 500

Nous ne porterons pas ici en compte ce qui s'en employe pour la fabrication des tabacs.

En déduisant celui qui se trouve dans le département, et qui provient de la Saline de Soultz-sous-Forets, laquelle fournit par an......... 2,500.

RESTE........ 78,500 qx.

A 15 francs le quintal............ 1,177,500 fr.

2°. Vins du Haut-Rhin.............
De Bourgogne..... } à 12 fr. la mesure... 1,240,000
De Lorraine.......
De Comté.........

De Champagne.... fin en bouteille.... 25,000

Du Margraviat..... en temps de paix... 50,000

Eaux-de-vie.....
De Bourgogne......
De Languedoc..... } 300,000
Liqueurs fines, eaux-de cerise..........
Vinaigne du Haut-Rhin, &c.........

F 2

3°. Viande de boucherie venant d'ailleurs,
évaluée à 30 centimes ou 6 sous la livre... 4,500,000 fr.

4°. Bois de chauf-
fage et autres, ti-
rés des départements
voisins, Vosges, par } à 24 fr. la corde... 1,500,000
la vallée de Scher-
meck, &c.........

5°. Grains, fournis
aux marchés de Stras-
bourg, par la ci-
devant Lorraine....

Froment........... } le from. à 16 f. le sac. } 450,000
Avoine........... } l'avoine à 8 fr..... }

6°. Houblon d'Allemagne pour les
brasseurs, à 120 francs le o/o.......... 200,000

7°. Bétail pour l'agriculture, le roulage.

La majeure partie des vaches, bœufs,
moutons, chevaux, porcs, sont fournis
aux cultivateurs par les départements } 2,500,000
voisins. On a évalué qu'il sortoit, année
commune, pour cet objet. (1)..........

8°. Epiceries et drogueries.......... 2,800,000

9°. Coton, laines, plumes, papiers de
diverses qualités, toiles, coutil, toiles fines
de Suisse, de Flandre, &c.............. 850,000

---

(1). *Le rétablissement des haras où l'on réuniroit toutes
les belles races de bétail nécessaires à l'agriculture, comme
bœufs, moutons, porcs, &c. épargneroit cette dépense.*

10°. Linons, mousselines, fines toiles de coton blanches, indiennes, soieries, modes, toutes sortes d'habits et parures de femmes.   1,600,000 f.

11°. Chapellerie, bonneterie, quincail-lerie, mercerie, bijouterie, &c..........   1,200,000

12°. Draperies fines, diverses autres étoffes tant pour habits d'hommes que pour meubles   2,200,000

13°. Verres de toute espèce, crystaux, glaces, ornements, faïencerie, porcelaine, poterie de terre vernissée, &c..........   300,000

14°, Tannerie, principalement les veaux préparés, pelleterie et quantité de petits articles trop minutieux que nous estimons ensemble..............................   400,000

TOTAL......   18,692,500

Mais comme les prix de ces objets varient, il peut arriver qu'avec les deux tiers de cette somme, même avec la moitié seulement, selon les circonstances, on puisse payer cette quantité de marchandises. Il faut que les exportations ou ce que les étrangers consomment de ce département, enfin son commerce et son industrie lui fassent récupérer cette somme et au-delà, pour qu'il puisse se soutenir au même degré de fortune.

CHAPITRE X.

Observations générales sur l'agriculture, le commerce et les arts, depuis le seizième siècle, comparés avec le temps actuel. Récapitulation des manufactures et maisons de commerce. Prix courant des articles manufacturés, et des denrées du cru du département prises aux marchés de Strasbourg, en l'an VII.

A mesure que la somme des subsistances nécessaires à la vie s'augmente, il s'en suit naturellement une plus grande population. „ Par-tout où une famille „ trouve à vivre (*a dit Montesquieu*), elle s'y établit. „ Malgré les guerres destructives qui se sont presque toujours portées vers le Rhin, à travers les calamités qu'elles amènent, les hommes ayant suivi la culture des terres, la multiplication des défrichements, depuis 1550 , a fait augmenter la population de près de moitié. Il ne faut point perdre de vue que, depuis cette époque , l'argent étant en bien plus grande abondance dans la société, les terres qui alors s'affermoient à 1 florin 1/2 ou 2 1/4 l'acre, c'est-à-dire, 2, 3 ou 4 fr. 50 cent. au plus, ce qui fait au moyen terme 3 fr. 55 cent. de notre monnoie, pour la rente de 18,000 pieds, environ 6,000 mètres carrés , se louent aujourd'hui 3 1/2 jusqu'à 4 boisseaux, dont 2/3 en froment, 1/3 en orge, pesant chacun environ 30 livres, poids de marc. Ces boisseaux valant ensemble, au prix moyen des marchés de Strasbourg, en l'an VII, 10 francs

5o centimes , c'est une preuve évidente que les terres y rendent plus de trois fois autant au propriétaire, indépendamment du bénéfice que le fermier peut y faire , après avoir défalqué tous ses frais quelconques. Depuis l'introduction de la culture des prairies artificielles, des tabacs et sur-tout de la garance, il y a, en Alsace, des terres qui rendent, soit aux propriétaires soit en profit aux fermiers, 19 à 20 fois autant qu'elles pouvoient faire au seizième siècle. En effet, 18,000 pieds ou l'arpent moyen du Bas-Rhin, cultivé en garance, donnent en une récolte 50 quintaux de racines vertes, qui se vendent prix moyen, à 8 fr... 400 fr.

A soustraire, savoir:
En deux ans, frais de culture, y compris le fumier et autres débours. 140 f.
Contribution de deux ans...... 6
Pour le même temps, la rente de 10 francs 50 cent., l'année.... 21   } 202
Pour le transport des racines à l'usine où elles se vendent... 25
Pour les intérêts de ces avances. 10

NET.... 198

Il faut deux ans pour une récolte: c'est donc pour le fermier un profit de 99 francs par an; en outre il a l'avantage qu'après avoir cultivé la garance, il peut semer du froment l'année suivante, sans être obligé de faire les frais de nouveaux engrais.

Le tabac rend, savoir: vingt quintaux de feuilles de tabac sec à................. 10 fr.   200 fr.

Frais de culture de toute espéce, ci.. 60 fr.

Manutention pour le sécher et embotter. 25 fr. } 25 fr.

Transport chez le fabricant............   15

Contribution fonciére à l'Etat........   3

Canon au propriétaire.................   10 50 c. } 118 f. 50 c.

Intérêts des avances des frais ci-dessus, jusques au payement de l'acquéreur....... } 5

Il reste pour le cultivateur, un bénéfice net de...................................... 81 f. 50 c.

Observez qu'en l'an **VII**, ces feuilles se sont vendues 3o francs au lieu de 1o, par rapport à la difficulté qu'il y a eu de s'en procurer de la Virginie.

Ce sont les deux cultures les plus avantageuses pour ce département: les autres rendent beaucoup moins, quoique le froment s'y vende constamment 25 pour 1oo de plus que dans le département de la Meurthe. Il est généralement reconnu que six boisseaux de froment du Bas-Rhin, pesent autant que sept de la même mesure recueilli dans le département de la Meurthe. En achetant celui-ci à la mesure, on en obtient un plus grand volume; mais il est plus léger; de plus, sa farine est bien moins blanche que celle du Bas-Rhin. Nous n'avons aucun égard au plus ou moins grand volume, mais au poids, pour

établir notre comparaison des prix. Ainsi quand 180
livres pesant de froment, valent 12 francs au marché de
Nancy , le même poids de froment du cru du
Bas-Rhin, vaut à Strasbourg 15 francs au moins, en
temps ordinaire , et jusques à 18 et 20 francs , en
temps de guerre.

Ce qui a particulièrement favorisé l'agriculture,
c'est l'usage presque généralement adopté de faire
avec les fermiers des baux de 18 , 27 et 50 ans,
même de les perpétuer dans les familles. Avant la
révolution , il n'étoit pas extraordinaire de trouver
en Alsace des fermiers qui, de père en fils, pendant 2 ou
3 siècles , restoient dans le même domaine; de voir
les pères disposer par leur testament en faveur
de tel ou tel de leurs enfants, des terres dont
ils n'étoient que fermiers. Aussi à l'époque de la
révolution , les trois quarts des paysans se croyoient
propriétaires de ces biens, pourvu qu'ils continuas-
sent d'en payer annuellement la même redevance que
leurs ancêtres. Comptant sur une longue jouissance
ou même sur la propriété , le cultivateur s'est efforcé
d'amender ses terres; il a, comme les négociants, fait des
spéculations , en variant ses denrées et cultivant ,
depuis environ 60 ans, la garance, les graines à huile,
le tabac, la prairie artificielle , &c. d'où il pouvoit
tirer un plus grand profit que de sa culture précé-
dente.

Ce qui contribuoit à leur assurer la continuation
de leurs baux, c'est que les trois quarts des terres en
Alsace, appartenoient au haut clergé, aux communautés
religieuses, à la noblesse, aux ordres de chevalerie et autres

(90)

corporations, (1) ou aux communes. Celle de Strasbourg seule possédoit avant la révolution,

> 8,900 arpents de terres labourables et prairies
> 8,174 arpents et 65 perches de forêts.
> 2,372 de pâquis, ou terres vagues.

> 19,446 arpents 65 perches.
> 149 arpents en promenades.
> 407 arpents de la prairie du Poligone.

TOTAL. 20,002 arpents 65 perches.

Indépendamment d'une quantité d'autres fonds en rentes amphitéotiques et autres rachetables, d'un rapport annuel en argent.............. 14,848 fr. 65 c.

En grains et vins.............. 18,234 fr. 70 c.

> TOTAL.............. 33,083 fr. 7

Qui représentent un capital, [2] savoir: le premier au denier 20...................... 296,973 fr.
le dernier au denier 25.......... 455,863 fr. 15 c.

> 752,841 fr. 15 c.

Toutes les autres communes du département ont

---

[1]. *Les corps de métiers avoient, avant la révolution, vingt-une tribus ou maisons dites poiles, où ils tenoient leurs assemblées; les corps des marchands, des charpentiers, des tanneurs, des jardiniers, &c. avoient aussi des capitaux placés.*

[2] *Fixé par le décret de l'Assemblée nationale, du 3 mai 1790.*

une proportion plus ou moins grande de biens communaux partagés ou à partager ; celles qui sont voisines de la chaine des montagnes, qui longe tout le département du côté de la ci-devant Lorraine, ont de plus grandes forêts que celles de la plaine.

Ici les cultivateurs ne connoissent pas l'usage des mules et mulets pour le labour, presque pas celui des bœufs ; car il est très-rare d'en voir à leur charrue. Ils se bornent à des chevaux de petite et de moyenne race, auxquels ils donnent ordinairement beaucoup de fèves au lieu d'avoine ; cela est cause que les 2/3 deviennent aveugles de très-bonne heure.

Dans les campagnes, à compter les ménages en masse, on élève tout au plus cinq bêtes à laine dans chacun. Jamais on n'en régénère les races.

Il seroit beaucoup plus avantageux de se servir de bœufs, vu qu'il n'y a pas des récoltes d'avoine suffisantes, eu égard au nombre des chevaux ; que d'ailleurs les chevaux usés ne sont bons à rien, et qu'on tire parti des vieux bœufs en les engraissant.

Il y a deux siècles et demi que les maisons de commerce d'Italie et de Flandre, expédioient beaucoup de marchandises à dos de mulets par les montagnes de la Suisse ; elles les adressoient en transit aux maisons de Strasbourg, pour les faire couler le long du Rhin vers les Pays-Bas. A mesure que l'art de la navigation est devenu plus familier, on a trouvé plus économique de passer de la Méditerannée à l'Océan, pour commercer avec la Hollande, les Pays-Bas et l'Italie. Depuis que les Républiques

Suisses se sont livrées au commerce et aux manufactures l'Italie et la Flandre ont insensiblement cessé d'expédier autant de marchandises par l'Alsace. La banque, la commission et l'expédition ont été presque toujours concentrées à Strasbourg entre les mains de huit à dix maisons.

Dans ces contrées ainsi que dans tout le nord de l'Europe, la plupart des sciences et des arts au seizième siècle, étoient dans l'enfance. Avant la révolution, Strasbourg avoit une ancienne université; quelques-uns de ses membres se sont fait connoître dans la République des lettres.

On écrivoit beaucoup sur la théologie, sur les controverses de Luthériens à Catholiques, quelque peu sur la jurisprudence de ce temps là, enfin sur des matières à-peu-près inutiles aujourd'hui ; mais qui ont fortement contribué à secouer le joug de la trop puissante Rome-Chrétienne.

En 1730, les Alsaciens ont pris le goût de la musique et de la peinture, qui ont fait des progrès assez marquants. [1].

Strasbourg et Mayence se disputent l'honneur d'avoir vu naître dans leurs villes, *Jean de Guttemberg*, inventeur de l'art de l'Imprimerie. L'opinion la plus générale est qu'ils étoient deux frères de ce nom, nés à Strasbourg, l'un y résidant, l'autre établi à Mayence; qu'ils s'étoient associés dans leurs travaux, et qu'ils ont eu des ateliers d'imprimerie dans ces deux villes. [2].

---

[1]. *On fait assez communément entrer dans l'éducation, le dessein et sur-tout la musique; les femmes préférent le clavecin ou forté à tout autre instrument.*

(2). *On gravoit alors les lettres sur des planches de bois.*

Les Strasbourgeois ont gravé sur métaux, mais des morceaux très-ordinaires: quelques anciennes médailles et monnoies de la ville, prouvent qu'on n'étoit guere avancé dans cet art, au commencement du dix-septième siècle: mais quelques années avant la révolution, les trois fils d'un artiste Français, nommé *Guérin*, ainsi que le citoyen *Walter*, et plusieurs autres se sont fort distingués dans le dessein, la peinture et la gravure. Ils ont exécuté plusieurs estampes très-estimées.

Trois ou quatre ans avant la révolution, le citoyen *Fréderic Diétrich*, a donné un ouvrage sur les mines qui est très-aprécié.

Le modeste professeur *Oberlin*, est un savant distingué par diverses connoissances.

L'école d'artillerie que les Français y ont établie, a donné lieu de former quelques ouvriers qui font assez bien les instruments de mathématiques.

Il est probable que l'hôtel des monnoies de Strasbourg est un établissement onéreux à l'État, 1°. parce qu'il est trop éloigné de l'Espagne, qui nous fournit ordinairement les matières premières d'or et d'argent; 2°. parce que les fabriques de bijouterie, d'horlogerie de la Suisse et de l'Allemagne, l'orfévrerie du pays enlèvent la plus grande partie de ces matières destinées à la refonte. La fabrication des monnoies de France ne sauroit être mieux placée qu'à Bayonne, Peau et Perpignan, parce que les Espagnols y peuvent verser en tout temps, à très-peu de frais, les matières nécessaires. Par la voie de mer, Marseille, Sette ou Montpellier, peuvent fabriquer avec grand avantage sur les départements qui sont plus au nord de la France.

RÉCAPITULATION

DES

CANTONS

Qui sont à-la-fois cultivateurs et manufacturiers.

LE 1er., Barr............	*Usines, chamoiseries, commerce, &c.*
2e. Benfeld...... 5e. Bischweiler...} .... 14e. Geispolsheim..	*Fabriques de tabac, de toiles, &c.*
15e. Haguenau..........	*Faïenceries, fabriques de tabac, commerce de bois.*
25e. Niderbronn........	*Usines pour le fer, &c.*
28e. Obernai...........	*Manufacture d'armes blanches, martinet de cuivre, commerce.*
36e. Strasbourg.........	*Tous les genres.*
39e. Wasselonne........	*Usines, brasseries et commerce.*

Les habitants des autres cantons ne sont à peu de chose près que cultivateurs; cependant quand ils ont fini de battre les bleds, ils pourroient s'occuper, à l'exemple des neuf cantons ci-dessus. Il leur reste environ la cinquième partie du temps où ils n'ont rien à faire, ou du moins bien peu de chose, quand la nature, par intervalle, s'oppose à leurs travaux extérieurs.

Noms des principales maisons de commerce et fabriques qu'il y avoit en l'an VII dans le département.

Turckheim et comp.
Veuve Franck.
Joseph Hoffmann.
Weiss, Revel et comp.
Livio.
Ferdinand Kolb et comp.
Echenaure et Hay.
Zolicofre et Hay.
Braonn Zolicofre.
Tobi Karth.
Veuve Karth et fils.

Ces onze maisons font la banque et la commission.

Rupsaume.
Barbenes.
Veyer.
Saume, père.
Cast et Hermann.

Ces cinq maisons font le commerce des chanvres, des toiles du pays.

Bader.
Pistorieus et David.
Dietsch.
Nic. Karth.
Reikop.

Bastard, frères.
Mondelly.
Louis Stromeyer.
Resch.

Ces dix maisons vendent en gros et en détail, des draperies, toileries, soieries, indiennes, étoffes de coton et soie mêlés.

Charles Riva, fabricant de mouchoirs du Milanais.
Schoubart, frères, ayant un dépôt de leur manufac-facture de siamoise et coton filé, bon teint.
Rheinhard, marchand papetier en gros.
Scherts.

Ce dernier fait aussi le commerce des laines, plumes, crins pour lits, ainsi que la commission.

FABRICANTS DE TABACS.

VIT, place Gaillot.
Dan. Mambergue.
Halter et comp.
Martin Papelier.
Wapler.
Travitz.
Ionk.
Grasselly.
Dangelot.
Tilemann, frères.
Maroco et comp.
Baumann.
Mayno.
Fabry et Jacoby.

Sarcel.
Chr. Ott.
Alexandre.
Hamerer et Heith.
Rheinard, fils, grande rue.
Saume, fils aîné.
Saillo.
B. Maynony.
Lotzbeck.
Bertrand, frères.
Ve. Schweighausen.
weiss, Revel et comp.

Quelques-uns ont cessé de fabriquer momentanément depuis l'an II, et ce sont bornés au commerce du tabac en feuille, &c. &c.

Propriétaires d'usines de fer.

CHAMPY, grande rue.
Dietrich et Karth.

Marchands de fer.

J. M. Meckert.
Meyer.
Hulmer.
Ve. Hauser.
Baltz.

Pour les cuivres, fil de fer et laiton.

J. D. OEzingre.

Epiceries et drogues.

Ve. Karth et fils.
Rhulmann.
Kleine.

Baumann.
Sallio.
Durr.
Chr. Ott.
J. Polty.
J. A. Polty.
Bizanello.
Ganginauti.
V^e. Bourgraff.
Vaultrin.
Ignace Sec.
Liskitz.
Feratzzino.
Dan. Mambergue.
V^e. Kob.
Vachter et Grisingre.
Rheimer et Begner.

Ces trois dernières maisons se bornent à tenir les articles pour les pharmacies, et les objets pour les teintures.

Hofkirch.
P. Olinet.
Jos. Petzy.
J. Grin, vis-à-vis la Douane.
Deutch.
Pelet.
Louis Hermann, rue de l'ail.

Ces sept maisont font les liquides, tels que vins, eaux-de-vie, liqueurs, pour leur compte et pour la commission.

Quincaillerie et mercerie.

J. Finck.
Simon Mühe.

Louis Olinet.
Miosset.
Denis.
Jacques Riss, *pour la mercerie.*

Soieries.

Labaume et Chaton.
Maurice.
V^e, Menet et Pro.
Vigne.
Desjardins.
Hugar et Viollent.

Maisons qui font de divers articles un commerce rompu.

Lotzbech.
Tobi Karth.
Kün.
Louis Quinon.
Bizanello.
Moch, père.

Entrepreneurs de fournitures pour les armées, comme vivres, fourrages, habillements, &c.

Léopold Samuel, frères.
Fonrouge.
Bourgraff.
Gau.
Picard Lacombe.
Monmarquet.
Lheimann, frères.
Brouner.
Kempler.
H. Veiler.

Stoulen.

Ricard. (Bois et lumières.)

Knobloch.

Fonderie de bouches-à-feu.

Dartin, à la fonderie nationales.

Réparation d'armes et confection de fusils.

Coulaux, l'aîné, à St-Jean.

Confection d'armes blanches de la manufacture du Klingenthal.

Bisy et Kœnauderer, entrepreneurs.

Manufacture de toiles à voile.

Gan, frères.

Chargeurs pour roulage.

Duboc.

Holbeck et Jacob.

Gouge et Gaillard.

Desvignes.

Pour les convois des armées.

Laufrey et Gal, expéditeurs.

Tanneries.

Kœnauderer.

Saume, rue Devaux.

Fiss.

Rosa.

Usines et fabriques dans les campagnes du département.

A Molsheim, le citoyen Augst, fabrique des garances.

A Wasselonne, le citoyen Rœderer.

Id. Pasquay tient l'unique manufacture d'indiennes du département, de plus une papeterie, une fabrique de papier peint et une blanchisserie de toiles.

A Soultz-sous-forêts, le citoyen Rosentrit, directeur de la Saline, fait aussi exploiter du charbon de terre et de l'asphalte.

A Gœrstorff, manufacture de couperose ou sulfate de fer, du citoyen Schwartz.

A Grendelbruch, forge de fer du citoyen Mahon.

A Haguenau, fabrique de faïence du citoyen Rosé.

A wingen, verrerie dite à Hochberg.

A Obermattstatt, *idem*, canton de Niederbronn.

A Saar-Union, fabrique de draps, des frères Karcher.

Idem, de Siamoises, le citoyen wilkens.

A Bouxwiler, G. F. Bossmann.

A wissembourg, *idem*, le citoyen Heidenreich.

A Bischwiler, les frères Bertrand, fabricants de garance et de tabac.

A Schiltigheim, Stall, fabrique de bière, de vinaigre, &c.

P*RIX* *courant des denrées de première nécessité, et des objets manufacturés dans le département, d'après les divers marchés de l'an* *VI* *et de l'an* *VII*, *calculé au prix moyen.*

Chanvre non peigné.................... 26 à 28 fr.

Idem, peigné long.................... 70 à 75

Idem, second.................... 45 à 50

Idem, court.................... 35 à 40

Froment, le sac de 180 livres........ 18 à 20 fr.

Tabac en feuille non fermentés de l'année.................... 22 à 24

De deux ans, fermenté....................	40 à 50
Garances fabriquées FF..............	80 à 90
Idem, M. F..........................	65 à 70
Idem O.............................	50 à 60
Moutarde en graine, jaune et brune mêlée, le sac de 150 livres.........	48 à 55
Pavot et navette......................	36 à 45
Vin blanc du pays de l'année, la mesure de 50 bouteilles.....................	14 à 16
Idem, vieux, du Haut-Rhin...........	22 à 24
Bière, les 50 bouteilles...............	6 à 7
Beurre frais, 55 à 60 centimes........	11 à 12 s.
Idem, salé, 60 à 65 centimes........	12 à 13
Idem, fondu, 70 à 75 centimes.......	14 à 15
Viande de boucherie fraîche, bœuf, 32 à 35 centimes.....................	6 à 7
Cochon frais, 35 à 40 centimes......	7 à 8
Mouton, *idem*, 26 à 30 centimes.....	5 à 6
La corde de bois de hêtre ou de charme de 6 sur 6, la bûche de 3 pieds 3 pouces, rendu à Strasbourg.........	25 à 28 fr.
Fer ordinaire du pays, barre et barreaux	20 à 21 o/o
Idem, martinet.....................	23 à 25
Couperose ou vitriol martial..........	13 à 14
Sel marin ou de la Meurthe..........	14 à 16
Le sac d'avoine de 140 livres pesant.	10
Le quintal de foin vieux...........	3 75 c.

Table alphabétique des communes, hameaux et censes, formant le département Bas-Rhin.

N B. L'on a indiqué, par un chiffre mis à la suite du nom de chaque commune, le numéro du canton auquel elle appartient.

Achenheim	24	Berg	11
Adamswiler	11	Berg	21
Allenweiler	23	Bergbieten	30
Altdorf	20	Bergzabern	3
Alt-Eckendorf	18	Bernardswiler	1
Altenheim	32	Bernardswiler	27
Altenstatt	40	Bernolsheim	7
Altorf	24	Berstett	7
Altwiler	17	Berstheim	16
Andlau	1	Bettenhoffen	5
Appenhoffen	4	Bettwiler	11
Artolsheim	22	Biblenheim	24
Artzheim	20	Biblisheim	85
Asbach	35	Bietlenheim	5
Asswiler	11	Billigheim	4
Auenheim	13	Bindernheim	22
Avenheim	37	Bilwisheim	7
Avosheim	24	Birlenbach	35
Bærenbach	9	Bishheim	26
Bærendorf	41	Bischholz	19
Baldenheim	22	Bischofsheim	30
Ballbronn	39	Bichwiler	9
Barbelroth	3	Bisert	17
Barr	1	Bitschhoffen	25
Bassemberg	38	Bobenthal	9
Batzendorf	16	Blæsheim	14
Behlenheim	37	Blancherupt	30
Beinheim	21	Blienschwiler	34
Bellefosse	30	Bœrsch	28
Belmont	30	Bœsenbiesen	22
Benfelden	2	Bolsenheim	12
		Boofzheim	2

Botzheim	22	Dibolsheim	22
Bosselshausen	6	Diedendorf	17
Bossendorf	18	Dieffenbach	35
Boundenthal	9	Dieffenbach	38
Bouxwiler	6	Dieffenthal	34
Breitenau	38	Diemeringen	10
Breitenbach	38	Dierbach	3
Bremmelbach	40	Dimbsthal	23
Bruchwiler	9	Dingsheim	26
Brumath	7	Dinsheim	24
Brüschwickersheim	24	Domfessel	10
Büchelberg	21	Dönnenheim	7
Bueswiler	6	Dœrrenbach	40
Bühl	35	Dorslisheim	24
Burbach	41	Dossenheim	6
Bürckenwald	23	Dossenheim	26
Burgheim	1	Drachenbrun	35
Busenberg	9	Drulingen	11
Büst	11	Druschwiler	7
Bütten	10	Drusenheim	5
Candel	8	Duntzenheim	18
Capellen	3	Düppigheim	14
Capsweyer	40	Dürningen	37
Charbe	38	Dürrenbach	35
Châtenois	34	Durstel	11
Clebourg	40	Düttonheim	14
Climbach	40	Eberbach	21
Clingen	4	Eberbach	25
Cosswiler	39	Eberheim	34
Crastatt	23	Ebersmüster	2
Crœttwiler	21	Eckartswiler	32
Dachstein	24	Eckbolsheim	24
Dahlenheim	24	Eckwersheim	7
Dahn	9	Ehenweyer	22
Dalhunden	13	Eichhoffen	1
Dambach	25	Elsashausen	25
Dambach	34	Elsenheim	22
Damheim	20	Engenthal	39
Dangolsheim	39	Engwiler	23
Daubensand	12	Engwiler	25
Dauendorf	16	Entzheim	14
Dengolsheim	12	Epfig	1
Dettwiler	32	Ergersheim	24
Dhelingen	10	Erkertswiler	29

Elenbach	4	Gleishorbach	30
Erlenbach	9	Gleiszellern	30
Erlenbach	38	Gœrlingen	41
Ernolsheim	24	Gœrsdorf	25
Ernolsheim	32	Gommersheim	20
Erstein	12	Gottenhausen	32
Ertweiler	9	Gottesheim	32
Eschau	14	Gougenheim	35
Eschbach	20	Goxwiler	1
Eschbach	25	Graffenstaden	14
Eschbourg	6	Grassendorf	6
Eschwiler	41	Grendelbruch	30
Essingen	20	Gresswiler	24
Ettendorf	6	Gries	5
Eywiler	11	Griesbach	6
Fegersheim	14	Griesbach	25
Fessenheim	26	Griesheim	30
Finsternheim	9	Griesheim	37
Fischbach	9	Gunbrechtshoffen	25
Flexbourg	39	Gunbrechtshoffen-Nie-	
Forstfeld	13	derbronn	25
Forstheim	25	Gundershoffen avec les	
Fort-Vauban	13	censes de Scheuren-	
Fouchi	38	hof et Ingelshof	25
Fouday	30	Gungwiler	11
Freckenfeld	8	Gunstett	25
Freischbach	20	Hægen	23
Fridolsheim	18	Haguenbach	21
Friesenheim	2	Haguenau et censes dé-	
Frœschwiler	25	pendantes	15
Frohmühl	29	Hambach	10
Furchhausen	32	Handschuheim	26
Fürdenheim	26	Hangenbieten	24
Gambsheim	5	Hanhöffen	5
Geisberg, Gutleuthof,		Harskirchen	17
censes,	40	Hatten	35
Geispolsheim	14	Hattmatt	32
Geiswiler	6	Hatzenbühl	8
Gerstheim	12	Hauenstein	9
Gertwiler	1	Hayna	20
Geudertheim	7	Hegeney	25
Giesenheim	13	Heidolsheim	22
Gimbrett	37	Heiligenberg	24
Ginsheim	18	Heiligenstein	1

Heisseren	2	Ingolsheim	40
Herbisheim	17	Ingwiler	19
Herbsheim	2	Innenheim	28
Hergerswiler	3	Jockgrim	8
Hermerswiler	35	Irmstett	39
Herrlisheim	5	Isenhausen	6
Herxheim	20	Ittenheim	26
Herxheimweyer	20	Itterswiler	1
Hessenheim	22	Ittlenheim	37
Heuchelheim	4	Kaidenbourg	21
Hilsenheim	22	Kaltenhausen	16
Hinderweidenthal	9	Kauffenhein	13
Hindisheim	12	Keffenach	35
Hinsbourg	29	Keskastel	17
Hinsigen	17	Kesseldorf	21
Hipsheim	12	Kertzfeld	2
Hirschland	41	Kienheim	37
Hirtzelbach	38	Kilstætt	5
Hochfelden	18	Kindwiler	25
Hochstett	16	Kintzheim	34
Hœffen	8	Kirchheim	39
Hœhlsloch	35	Kirrberg	41
Hœnheim	26	Kirrwiler	6
Hœrdt	5	Kleinfrankenheim	37
Hoffen	35	Kleingœft	23
Hohatzenheim	18	Kleinsteinfeld	40
Hohengœft	23	Klingenmünster	3
Hohfranckenheim	18	Klingenthal	28
Hohwarth	38	Knœrsheim	23
Hohwiler	35	Kœnigsbrück	13
Holtzheim	24	Kogenheim	2
Hunsbach	35	Kolbsheim	24
Hürtigheim	26	Kraft	12
Hüttendorf	16	Kraufthal	6
Hüttenheim	2	Krautergersheim	28
Jægerthal	25	Krautwiler	7
Ichtratzheim	14	Kriegsheim	7
Jean-des-choux	32	Kühlendorf	35
Jetterswiler	23	Kurtzenhausen	5
Ilbesheim	4	Küttolsheim	26
Illkirch	14	Kutzenhausen	35
Imbsheim	6	Lalaye	38
Ingenheim	18	Lampertheim	7
Ingenheim	20	Lampertsloch	35

Landau	20	Minfeld	8
Landersheim	23	Minversheim	18
Langenberg, *cense.*	8	Mitschdorf	35
Langensoulzbach	25	Mittelbergheim	1
Laubach	25	Mittelhausbergen	26
Lauterbourg	21	Mittelhausen	18
Lauterschwan	9	Mittelschæffolsheim	7
Leiterswiler	35	Mllkirch	30
Lembach	40	Molsheim	24
Lichtenberg	19	Mommenheim	7
Limersheim	12	Monswiler	32
Lingolsheim	14	Morsbronn	32
Linienhausen	25	Mörschwiler	16
Lipsheim	14	Motheren	21
Littenheim	32	Mittelkurtz	23
Lixhausen	5	Muhlbach	30
Lobsann	35	Muhlhaussen	19
Lochwiler	23	Muhlhoffen	4
Lohr	29	Munchhausen	21
Lorentzen	10	Munchwiler	8
Lupstein	32	Mundolsheim	7
Lüttenheim	13	Mussig	22
Lützelhausen	24	Muttersholtz	22
Mackenheim	22	Mutzenhausen	16
Mackwiler	11	Mutzig	24
Mœnnolsheim	32	Neehwiler	25
Mærtzheim	4	Neewiler	21
Marckolsheim	22	Neubois	38
Marlenheim	39	Neubourg	16
Marmoutier	23	Neubourg	21
Martin	38	Neugartheim	37
Mattstall avec la ver-		Neuhæusel	13
rerie	25	Neuhoff	36
Matzenheim	2	Neunhoffen	25
Maurice	38	Neuve-Eglise	38
Meissengott	38	Neuwiler	6
Meistratzheim	28	Niederaltdorff	16
Melsheim	18	Niederbetschdorf	35
Memelshoffen	35	Nierderbronn	25
Menchhoffen	19	Niederhasrach	24
Merckwiler	35	Niederhausbergen	26
Mertzwiler	25	Niederhochstadt	20
Mietesheim	25	Niederhorbach	3
Minderschlagen	8	Niederlauterbach	21

Niedermottern	19	Osthausen	12
Niedernai	28	Osthoffen	24
Nieder-Otterbach	40	Ostwald	14
Nieder-Rathsamhausen	22	Ottersthal	32
Niederrœdern	21	Otterswiler	32
Niederschæffolsheim	16	Ottrott (bas)	28
Niederseebach	35	Ottrott (haut)	28
Niedersteinbach	9	Ottwiler	11
Nordheim	39	Petersbach	29
Northausen	12	Petite-pierre	29
Nothalten	34	Pfaffenhoffen	19
Nussdorf	20	Pfalzweyer	32
Obenheim	12	Pfettisheim	37
Ober-Altdorf	18	Pfortz	8
Oberbetschdorf	25	Pfulgriesheim	37
Oberbronn	25	Pierre-bois	38
Oberbronn	25	Pistorf	41
Oberdorf	25	Pleiswiler	3
Oberlaslach	24	Plobsheim	14
Oberhausbergen	26	Preuschdorf	35
Oberhausen	3	Printzheim	32
Oberhochtadt	20	Puberg	29
Oberhoffen	3	Quatzenheim	26
Oberhoffen	5	Queichheim	20
Oberhauffen	40	Rangen	23
Oberlauterbach	21	Rensbach	20
Obermottern	19	Ratzwiler	10
Obernai	27	Rauwiler	41
Ober Otterbach	40	Rechtenbach	40
Oberrœedern	35	Reichsfeld	1
Oberschæffolsheim	24	Reichstett	7
Oberseebach	35	Reimerswiler	35
Obersteigen	39	Reinhardsmuster	23
Obersulzbach	19	Reiperswiler	19
Odratzheim	39	Reitwiler	37
Oermingen	31	Retschwiler	35
Offendorf	5	Reutenbourg	23
Offenheim	26	Rexingen	11
Offwiler	25	Rheinzabern	8
Ohlungen	16	Rhinau	2
Ohnenheim	14	Richshoffen	25
Ohnenheim	22	Richtolsheim	22
Olwisheim	7	Reidheim	6
Orschwiler	34	Riedselz	40

Rimtorf	01	Schlettenbach	9
Ringeldorf	6	Schnersheim	37
Ringendorf	6	Schœnau	22
Rittershoffen	35	Schœnbourg	6
Rœschwoog	13	Schœnenbeurg	35
Rohr	37	Schopperten	17
Rohrbach	4	Schwaabwiler	35
Rohrwiler	5	Schweigen	40
Romanswiler	39	Schweighausen	16
Roppenheim	13	Schweighoffen	40
Rosenwiler	30	Schweinheim	32
Rossfeld	2	Schwindratzheim	18
Rosheim	30	Schwobsheim	22
Rostey	29	Sélestatt	33
Rothbach	25	Seltz	21
Rott	40	Sermersheim	2
Rottelsheim	7	Sessenheim	13
Rultzheim	20	Siegen	21
Rumersheim	37	Siewiler	11
Runtzenheim	13	Silzheim	17
Ruprechtsau	36	Singrist	23
Saasenheim	22	Solbach	30
Saar-Union	31	Souffelnheim	13
Saarwerden (vieux)	31	Soultz	24
Sæssolsheim	18	Soultz-sous forêts	35
Saint-Nabor	28	Sourbourg	35
Saint-Pierre	1	Spachbach	25
Salenthal	23	Sparsbach	29
Salmbach	40	Stattmatten	13
Sand	2	Steige	38
Saverne	32	Steinbourg	32
Schæfersheim	12	Steinfeld	40
Schæfersheim	21	Steinseltz	40
Schaffhausen	18	Steinwiler	4
Schaidt	8	Still	24
Schalckendorf	6	Stotzheim	1
Scharrachbergheim	30	Strasbourg	36
Scheibenhard	21	Strouth	29
Scherlenheim	18	Stundwiler	35
Scherwiler	34	Stutzheim	26
Schillesdorf	19	Suffelweyersheim	26
Schiltigheim	26	Sundhausen	22
Schindhard	9	Schleithal	40
Schirhoff	13	Schirrhein	5

Thal	11	Westhausen	2
Thal	23	Westhausen	23
Thanvillé	38	Westhoffen	36
Tieffenbach	29	Weyer	11
Trænheim	39	Weyersheim à la haute	
Triembach	38	tour	5
Trimbach	21	Wibolsheim	14
Truchtersheim	27	Wickersheim	18
Uberach	25	Wiler	17
Uhlwiler	16	Willgottheim	37
Uhrwiler	16	Wilshausen	18
Urbeis	38	Wilwisheim	18
Urmatt	24	Wimmenau	19
Uttenheim	12	Winden	3
Uttenhoffen	25	Windstein	25
Utwiler	19	Wingen	29
Valff	1	Wingen	40
Vendenheim	7	Wingersheim	18
Villé	38	Wintershausen	16
Vœllerdingen	10	Wintzenbach	21
Vœrth	25	Wintzenheim	37
Volcksberg	10	Wissembourg	40
Volmersheim	4	Witternheim	2
Volmerswiler	8	Wittersheim	16
Wahlenheim	7	Wiwersheim	37
Walbourg	35	Wittesheim	22
Waldhambach	20	Wœllenheim	37
Waldolwisheim	32	wœrth	2
Waldrohrbach	20	wœrth-sur-le-Rhin	8
Walk	25	wolsfisheim	24
Waltenheim	18	wolfschheim	32
Wangen	39	wolxheim	24
Wangenbourg	39	Zell	34
Wantzenau	5	Zehnacker	23
Wasselonne	39	Zeinheim	23
Weiler	40	Zellwiler	1
Weinbourg	19	Zinsweiler	29
Weislingen	10	Zœbersdorf	6
Weitbruch	5	Zollingen	17
Weiterswller	19	Zutzendorf	19

TABLE

DES MATIERES|

Du premier volume, Département du Bas-Rhin.

GÉOGRAPHIE *et petit abrégé historique du pays.* pag. 1

CHAP. Ier. *De la population, des mœurs, du caractere, de l'éducation, des religions, des préjugés, de la langue, de l'état civil des habitants, avant la fondation de la République.* pag. 5

II. *De l'agriculture, de l'industrie, des arts, du commerce, des rivières navigables et des canaux, des routes, de la nature du sol du département.* pag. 9

III. *Des besoins de première nécessité calculé d'après les climats des divers cantons du département ; de la répartition des contributions.* pag. 57

IV. *A quoi sont propres les classes respectives des cantons, d'après leur position physique et morale. S'il y a possibilité d'établir concurrence avec l'Angleterre ou avec toute autre nation rivale, sous des rapports industriels et commerciaux. Des moyens à prendre pour y parvenir en certains genres. La plus ou moins grande célérité dans le service de tous les établissements qui facilitent les communications générales de la société, influe plus ou moins sur ses progrès dans la connoissance de ses moyens de prospérité. De la force départementale, disponible pour le service de l'Etat.* pag. 65

V. *Des forêts nationales, communales et particulières ; des terres en friche, de la chasse, de la pêche, des moulins à farine, à eau.* pag. 68

VI. *Des foires, marchés, halles au bled, des sommes de numéraire présumées en circulation dans les temps ordinaires.* pag. 71

VII. *Des hospices civils et militaires, des ateliers de charité, de la mendicité, de l'influence des diverses religions, du progrès des lumières, du produit général du travail que chacun doit porter à la société, de la force publique* pag. 74

VIII. *Des places fortes et des fortifications; observations sur les établissements créés pour leur fournir les pièces d'artillerie, &c. de l'architecture, des édifices et monuments remarquables dans le Bas-Rhin.* pag. 79

IX. *Etat approximatif du montant de tous les objets que le département achète dans les autres, et qui font partie de ses besoins généraux pour sa consommation particulière.* pag. 82

X. *Observations générales sur l'agriculture, le commerce et les arts, depuis le seizième siècle, comparés avec le temps actuel. Récapitulation des manufactures et maisons de commerce. Prix courant des articles manufacturés, et des denrées du cru du département prises aux marchés de Strasbourg, en l'an VII.* pag. 86

Récapitulation des cantons qui sont à-la-fois cultivateurs et manufacturiers. pag. 94

Table alphabétique des communes, hameaux et censes formant le département du Bas-Rhin. pag. 103

F I N.

www.ingramcontent.com/pod-product-compliance
Ingram Content Group UK Ltd.
Pitfield, Milton Keynes, MK11 3LW, UK
UKHW021219140726
13695UKWH00002B/642